KB104542

사랑이 아니면
아무것도 아닌 것

사랑이 아니면
아무것도 아닌 것

송정림

작가의 말

사랑 앞에 목숨이란 다 무엇하자는 것일까. 욕망과 야심과 계획의 감격이 일찍이 사랑의 감동을 넘을 때가 있었던가! 나는 사랑 때문이라면 이 몸이 타서 금시에 재가 되어버린다 하여도 겁나지 않으며 도리어 그것을 원하고자 하오. 사랑하는 님이여! 나를 태우소서. 깨뜨리소서. 와싹 부숴버리소서. 그 순간 나는 얼마나 아름답게 빛날 것인가!

「메밀꽃 필 무렵」의 작가 이효석이 연인에게 보냈다는 편지의 일부입니다. 이 편지에 사랑의 의미가 다 담겨 있네요. 밤하늘의 별을 볼 때 너무 아름다워 눈물이 나듯이, 꽃잎이 질 때 속절없이 눈물이 나듯이…… 사랑은 눈물입니다. 한바탕 터지는 울음입니다. 울고 나면 다시 살아갈 힘을 얻는 아름다운 슬픔입니다.

사랑은 감격입니다. 그 어떤 성취도 사랑의 감격을 넘어설 때는 없습니다. 뜻했던 자리를 얻었을 때에도, 원하는 일을 하게 되었을 때에도 사랑이 없으면 다 허무합니다. 사랑이 없는 만남, 사랑이 없는 성취는 허망할 뿐입니다.

그러니 우리 인생, 사랑이 아니면 뭐가 남나요? 사랑이 아니면 아무것도 아닙니다. 사랑은 또 무엇인가요? 사랑해서 손에 쥐는 것이 있던가요? 높이 오를 수 있던가요?

사랑은 오직 사랑입니다. 사랑이 아니면 또 아무것도 아닌 것입니다.

한 사람의 영혼이 불붙어 다 타버린 상태, 거기 유일하게 타지 않는 것만 남겨놓은 것, 그것이 사랑입니다. 삶이 다하면 결국 사랑만 남습니다. 사랑, 그것은 곧 삶입니다.

누구나 원하는 사랑, 누구나 말하는 사랑……. 사랑이라는 말 참 흔해졌습니다. 그런데 사랑하기는 참 힘들어졌습니다. 사랑 때문에 애끓고, 애타고, 애달프고……. 사랑으로 행복하고자 하지만 사랑으로 괴롭습니다.

그래서 연애소설을 펴듭니다. 연애소설 속의 그들은 어떻게 사랑했을까 커닝을 하고 싶어집니다. 칠레의 작가 루이스 세풀베다의 장편소설 『연애소설 읽는 노인』에는 언제나 연애소설을 찾는 노인이 나오지요. "기하학 책은 머리가 아파요. 역사책이요? 그거 말짱 거짓말이에요. 책은 역시 연애소설이 최고예요. 사랑하는 사람들이 사랑 때문에 아주 괴로워하는, 그런 책 말이오. 그런 책 어디 없소?"

연애소설을 손에 쥐면 그의 질문은 이렇게 이어집니다.

"가슴 아픈 얘긴가요?"
"서로를 진정으로 사랑하는 사람들이 나오나요?"
"난 가슴이 찢어지는 것 같아서 차마 견딜 수가 없었소."

노인의 부탁을 받은 사람들은 서점에 들러 항상 이렇게 주문해야 합니다.

"연인들이 사랑으로 인해 고통을 겪지만 결국은 해피엔드로 끝나는 소설책을 주시오."

노인은, 발전만을 좇는 인간 행위에 환멸을 느낄수록 더 연애소설을 읽고 싶어합니다. 그래서 소설은 이렇게 끝이 납니다.

이따금 인간들의 야만성을 잊게 해주는, 세상의 아름다운 언어로 사랑을 얘기하는, 연애소설이 있는 그의 오두막을 향해 걸음을 떼기 시작했다.

우리가 추구해야 하는 것은, 발전이나 승리가 아닙니다. 정말 원해야 하는 것은, 순수입니다. 읽고 난 후 마음이 아련해지는 연애소설을 통해, 순수, 그 행방을 찾아 나서고 싶었습니다.

스토리, 의도, 문학성을 떠나서 무조건 사랑만 뽑아서 생각해봤습니다. 주인공이 어떤 마음으로 어떻게 사랑했는지, 그 사랑은 나에게 어떤 느낌을 주었는지에 몰두했습니다. 오직 사랑에 대해서만 생각하고 또 생각했습니다. 그러는 동안 눈물이 났고, 설렜고, 아팠고, 많이 그리웠습니다.

그 독서 여정에 당신을 초대합니다. 사랑을 원한다면, 그런데 그 사랑 참 어렵다면, 그렇다면 따뜻한 차 한잔 들고 제 곁에 앉아주세요. 지금부터 연애소설을 읽어드리겠습니다.

송정림

루이스 세풀베다, 『연애소설 읽는 노인』, 열린책들, 정창 역

차례
◇◇◇◇

일러두기

이 책에 등장하는 문학작품 중 판본이 유일
한 것은 그 출판사와 역자 등을 명기하였다.
명기하지 않은 작품은 국내 여러 번역본들과
원서를 두루 살펴 인용하였다.

사랑은 시간의 질서 속에 사라져간다

유일한 인생 프로젝트가 사랑이었던 때가, 도덕성이나 철학 같은 것은 저멀리 밀어내버린 오직 육체적인 사랑, 그것말고는 그 어떤 것도 의미를 지니지 않았던 때가, 나에게 과연 있었을까?

사랑은 언젠가 끝이 난다는 것을 사랑하는 사람들은 이미 알고 있다. 그 유효기간이 매우 짧다는 것도. 그래서 사랑을 이어줄 끈을 찾는다. 결혼하고 아이를 낳고 가족을 꾸리는 이유도 결국, 끈을 찾는 행위다. 그러나 결혼이라는 끈을 도저히 찾을 수 없는 사랑이 있다. 이름하여, 불륜.

아니 에르노의 『단순한 열정』은, 그 불온한 사랑에 빠진 여자의 이야기다. 소설이라기보다 일기에 가까운 그녀의 고백에는 감정이 없다. 그립다든가, 기쁘다든가, 안타깝다든가, 미안하다든가, 죄스럽다든가, 슬프다든가 하는 마음이 없다. 철저히 육체적이고 단호히 사실적이다. 그녀는 그렇게, 남자와 침대에서 보낸 오후 한나절의 뜨거운 순간이, 그 어떤 일보다 인생에서 훨씬 중요했다고 고백한다. 왜 제목이 『단순한 열정』인지 알 듯하다.

1991년 이 소설이 처음 발표됐을 때 프랑스에 파란을 몰고 왔다. 르노도 상을 수상한 유명작가이자 대학교수인 아니 에르노. 그녀가 외국인 남자와 가진 사랑의 체험이 그대로 들어 있기 때문이다. 그녀는 연하 유부남과의 육체적인 사랑이 불온하다고 숨기지 않았다. 윤리적이지 않다고 부끄러워하지 않았다. 왜 그랬을까? 이 소설을 다 읽고 나면 그 답을 구하게 된다.

이야기는, 그들이 어떻게 만났는지가 생략된 채 이미 사랑에 빠져 있을 때에서부터 시작된다.

작년 9월 이후로, 나는 한 남자를 기다리는 일, 그 사람이 전화를 걸어주거나 내 집에 와주기를 바라는 일 외에는 아무것도 할 수 없었다.

그녀의 일상은 모두 그 남자에 관한 것으로 이뤄진다. 옷과 화장품을 고르는 것도 그 남자와의 만남을 꿈꿔서다. 침대 시트를 갈고 방에 꽃을 꽂아두는 것도 그 남자가 찾아올 시간을 대비해서다. 재미있는 이야기를 메모해두는 것도 그를 만나면 그의 관심을 끌기 위해서다. 위스키와 과일, 음식을 사두는 것도 그와 함께 보낼 저녁을 위해서다.

약속 시간을 알려올 그 사람의 전화말고 다른 미래는 없다. 그의 전화가 올까봐 외출도 안 한다. 그의 전화벨 소리를 듣지 못할까봐 진공청소기나 헤어드라이어를 사용하는 일조차 피한다. 전화를 받았는데, 그의 목소리가 아니면 실망한다. 전화선 너머에 있는 상대방을 증오할 정도다. 드디어 수화기에서 그의 목소리를 듣는다. 정신이 혼미해진다.

그와 만나자는 약속을 한다. 그날까지 기다림이 너무 길다. 다른 사람과 만나는 것도 짜증이 난다. 그 사람을 기다리는 일 외에는 아무것도 하고 싶지 않아서다. 일도 손에 안 잡힌다. 다른 일에 정신을 빼앗기고 싶지 않아서다. 그동안 그 사람의 사랑이 식으면 어쩌나 두려워한다. 그가 집에 오는 날에는 마음이 들떠서 부산을 떨고, 자동차 멈추는 소리, 그 사람의 발소리가 들리면 설렘과 떨림을 넘어서 두려움까지 느낀다.

이렇게 사랑에 미쳤던 적이 나에게 있었을까? '분별력 없는 광기'라는 셰익스피어의 말처럼 한 사람에게 홀렸던 때가 있었을까? 사랑이 아니면 아무것도 아닌, 허깨비처럼 살았던 적이 있었을까?

그녀의 이야기를 따라 나의 사소한 사랑의 역사도 함께 흐른다. 가슴 어느 구석쯤 새겨진 화인(火印)을 탐색한다. 다 나았다고 생각한 상처에 불이 난다. 소설 속 여자와 같이 화끈거린다. 가슴이 뛴다.

그녀에게 만남의 때가 온다. 기다리는 때는 길고 지루했으나 그를 만나 나누는 사랑의 시간은 매우 짧다. 여자는 그를 만날 때면 시계를 멀리 둔다. 시간을 잊고 싶어서다. 그러나 남자는 손목시계를 자꾸 훔쳐본다. 그에게는 돌아가야 할 집이 있었으니까. 와이셔츠 단추를 채우고, 양말을 신는 남자를 보며 여자는 관통하여 지나가는 시간을 느낀다.

그가 떠난다. 이리저리 널린 옷, 남긴 음식, 그릇, 재떨이……. 여자는 집 안을 치우지 않는다. 다음날까지 샤워를 하지 않는다. 그의 흔적을 조금이라도 더 보존하고 싶기 때문이다. 그녀의 일상은 다시 도돌이표. 그의 전화만 기다리는 고통이 또다시 시작된다. 그 사람이 사나흘 후에 들르겠다고 하면, 그 약속이 깨지면 어떡하나 조바심에 시달린다. 여자는 생각한다. 이러다 내 삶이 여기서 끝나게 될지도 모른다고…….

한번쯤 사랑에 빠져본 사람은 다 경험한 일 중의 하나, 유행가 가사가 다 자신의 사연 같다. 여성잡지를 펼치면 오늘의 운세란을 본다. 무거운 철학책보다 감각적인 사랑 영화에 끌린다. 그를 생각하며 몽상에 빠져든다. 그 사람이 어떻게 사는지, 어디에 가는지 알고 싶다.

이제 만남 뒤에 오는 사랑의 절차가 기다리고 있다. 이별이다. 그녀가 탄식한다.

사랑을 할 때마다 무언가 새로운 것이 우리 관계에 보태어진다는 느낌이 들었지만, 동시에 쾌락의 행위와 몸짓이 더해지는 만큼 확실히 우리는 서로 조금씩 멀어져가고 있었다. 우리는 욕망이라는 자신을 서서히 탕진하고 있었다. 육체적인 강렬함 속에서 얻은 것은 시간의 질서 속에 사라져갔다.

그 남자가 그녀 곁을 떠나 자기 나라로 돌아가버린다. 이별 후에 무엇이 남겨질까? 우연히 만날 것을 상상하고, 그가 하지도 않은 말에 대답하고, 보내지 않을 편지에 답장을 하고, 불면증에 시달린다. 그를 추억하는 일에 그녀의 시간이 다 쓰인다.

만나고 싶다는 생각만으로 뜨거워지고, 만날 수 없는 사실 하나 때문에 차가워지는 이상체온 현상. 예고도 없이 마음에 구름이 몰려오고 비가 내리고 폭풍이 이는 일…… 사랑. 커튼 사이로 이른 햇살에 가장 먼저 찾아보는 얼굴, 꿈속에서도 베갯잇에 젖던 얼굴, 자꾸 가려운 심장의 알레르기…… 사랑하는 사람. 사랑을 할 때는 더이상 내가 내 삶의 주체가 아니다. 내 영혼은 그 사람의 식민지가 되어버린다.

사랑은 불에 데는 순간이다. 뜨겁고 생생한 찰나다. 그 순간은 시간의 질서 속에 사라지고 만다. 사랑이 이기는 시간은, 단언컨대 없다. 그러나 평생 지울 수 없는 화인으로 가슴 한구석에 자리한다. 사랑하는 동안, 사랑을 보내는 동안, 그후에도 오랫동안, 사랑은…… 아프다.

그러나 사랑하고 아픈 것이, 사랑하지 않고 아프지 않은 것보다 낫다. 소설의 말미에 쓴 그녀의 고백이 그 이유다.

어렸을 때 내게 사치라는 것은 모피코트나 긴 드레스, 혹은 바닷가에 있는 저택 같은 것을 의미했다. 조금 자라서는 지성적인 삶을 사는 게 사치라고 믿었다. 지금은 생각이 다르다. 한 남자, 혹은 한 여자에게 사랑의 열정을 느끼며 사는 것이 바로 사치가 아닐까.

아니 에르노, 『단순한 열정』, 문학동네, 최정수 역

사랑은   살아 있음의 증거다

몇 해 전, 친구의 시어머니가 상사병으로 돌아가셨다. 세상에……
상사병이라니! 상사병이 실제로 존재하는 건지 처음 알았다. 그리
움이 죽음에 이르는 중병이 될 수 있다니……. 여든을 바라보는
노년에 그토록 깊은 사랑에 빠질 수 있다니…….

친구의 남편은 어머니가 상사병으로 돌아가셨다는 사실을 숨기
고 싶어했다. 그러나 친구는 하나도 부끄럽지 않다고 했다. 사랑에
빠진 순간 시어머니는 마치 사춘기 소녀 같았다. 평소에는 신지
않던 하이힐을 신고 데이트 나가다가 발을 삐끗해 다치기도 했다.
눈이 어두워 스타킹을 짝짝이로 신고 나가기도 했다. 얼굴에 복사
꽃이 피어났고, 걸음에 통, 통, 통 음표가 실렸다. 시어머니가 사랑
에 빠졌던 그 시간은 황홀하고 농염한 노을의 시간이었다고, 친구

는 회고했다.

친구의 시어머니 이야기를 단막 드라마에 썼다. 그 단막을 쓰기 위해 연애중인 노인 몇 분을 만나 취재했다. 그들은 젊은 사람과 똑같이 사랑했다. 삐치고 질투하는 것도 똑같았다. 연인과 같이 여행하고 싶어했고, 데이트를 앞두고 설레하는 것도 똑같았다. 그러나 세상의 편견 때문에 외로워했다. '노인네가 주책'이라는 시선에 불편해했다. 얼마 안 남은 생의 시간을 애달파했다. 육체와 마음의 박자가 맞지 않아 서글퍼했다. 그래서 나는 드라마의 제목을 〈새드 무비〉라고 붙였다. 삶이 한 편의 슬픈 영화라는 생각이 들었기 때문이다.

박범신 소설 『은교』를 읽는 동안 친구의 시어머니 생각이 났다. 너무 늦은 나이에 첫사랑에 빠졌던 그녀의 설렘이······. 시시각각 행복을 밀어내며 침입했을 무서운 고독이······. 불면의 밤을 보냈을 그녀의 그리움이······. 조금 더 이해가 되었다.

늙음과 젊음에 대한 깊은 사유가 있는 소설 『은교』는, 스승과 제자 사이의 미묘한 인간관계가 중요하게 다뤄진다. 그러나 인생의 말년에 날아든 사랑이 나에게는 더 크게 다가왔다. 사실, 그 모든 이야기가 사랑이 아니면 또 무엇이겠는가.

거울에 모습을 비춰보고 "아냐! 이건 내가 아냐!"라고 고개 흔드는 남자, 이적요. 그는 일흔의 나이를 앞둔 시인이다. 늙음을 확인하는 일은 아프다. 감각은 무디어지고 육신은 낡아가는 일, 시간을 신의 선물로 받아들이기에는 아프고 공허한 자각, 욕망의 잔고를 모두 반납해야 하는 일, 텅 빈 항아리처럼 마음이 뻥 뚫린 고독. 늙는다는 것은 그런 것이니까.

젊은 시절에 운동권에 뛰어들었고 10년 가까이 옥살이를 했고, 그후에는 시를 쓰느라 인생을 다 써버린 이적요 시인. 그는 제대로 된 사랑을 해본 적 없다. 사랑을 본 적도 만진 적도 없어서 사랑을 믿지 못하는 사람이다. 그저 삶의 등불이 꺼진 흑백의 길을 꾸역꾸역 걸어가고 있을 뿐이었다.

아무것도 이루지 못하면서, 나는 다만 전투적으로 나를 억압하고 산 것뿐이었다. 이를테면 수인(囚人)으로서 나는 시간을 거의 다 써버렸다고 할 수 있었다.

그럴 즈음, 삶의 전광판에 일제히 불이 켜진다. 잔잔하던 가슴이 뛰고, 잠잠하던 세포들이 활동을 개시하고, 굳어 있던 관절마다 꽃이 피어난다. 인생 일대의 사건, 사랑! 신의 아름다운 선물은 너무 늦게 도착됐다. 그래서 가혹했다. 어느 여름 오후, 시인이 외출했다가 돌아오니 한 소녀가 데크의 의자에 앉은 채 잠들어 있다.

명털이 뽀시시한 소녀였다. 턱 언저리부터 허리께까지. 하오의 햇빛을 받고 있는 상반신은 하얬다. 쇠별꽃처럼. (중략) 쌔근쌔근, 숨소리가 계속됐다. 고요하면서도 밝은 나팔 소리 같았다. (중략) 그렇게 나는 은교를 처음 만났다.

막 떠오른 햇빛이 창 안으로 들어오듯, 그의 삶에 그녀가 뛰어들었다. 꽉 막혀 있던 가슴 한가운데 하얀 신작로 하나 시원하게 놓여졌다. 그녀의 숨결 속으로 자맥질해 들어가고 싶었다. 그러나 세상이 그 욕망을 곱게 봐줄 리 없었다. 이적요를 존경하며 따르던 제자 서지우는 그의 사랑을 꺾으려 한다.

이적요에게 은교는 이제 생명의 의미가 되어버렸다. 심장이 뛴다는 것은 목숨의 증거다. 더이상 가슴이 뛰지 않는다는 것은, 물리적으로는 살아 있지만 사실은 죽어 있는 것과 같다. 목숨 부지, 연명이 무슨 의미가 있겠는가. 이제 겨우 더운 피돌기를 시작했는데, 멈춰버린 심장에 인공호흡을 했는데, 그 산소마스크를 뺏으려하고 있다. 다만 젊다는 무기 하나 쥐고서.

노인은, 그냥 자연일 뿐이다. 젊은 너희가 가진 아름다움이 자연이듯이, 너희의 젊음이 너희의 노력에 의하여 얻어진 것이 아닌 것처럼. 노인의 주름도 노인의 과오에 의해 얻은 것이 아니다.

젊음의 욕망은 정열이고, 늙음의 욕망은 천박이 되어버리는 세상에서 이적요는 번민한다. 그러나 이적요와 서지우 중에 과연 누가 진정으로 젊은 것일까?

순수와 순진은 다르다. 순진은 어린 시절에만 간직할 수 있는 단어라면, 순수는 누구나 가질 수 있는 것이다. 순수란 소신 있고 주관이 뚜렷하다는 것이다. 세속에 물들지 않는다는 것이다. 아무 것도 모르는 것이 아니라, 잘 알고 있어서 흔들리지 않는다는 것이다. 순수란 거짓이 없다는 뜻이고, 책임을 질 줄 안다는 뜻이다. 순수는 남의 잘못은 용서하지만 자신에게는 엄격하다는 뜻이다. 그러므로 순수하게 살아간다는 일은 어렵다. 그래서 순수는 더 가치 있다.

물리적으로는 늙었지만 순수로 반짝이는 쪽은 이적요 시인이다. 반면에 서지우는, 인생 시계는 한낮을 가리키지만 정신은 쭈글쭈글해 있었다.

사랑에 대처하는 자세도 그렇다. 이적요와 은교, 서지우가 함께 산에 올라간다. 은교가 거울을 보는데 서지우가 장난치느라 은교 어깨를 친다. 그 바람에 은교가 손거울을 떨어뜨린다. 손거울은 벼랑을 미끄러져 내려가다가 암벽에 걸린다. 은교가 안타까워하자 서지우는 말한다. "똑같은 걸로 사주면 되잖아!" 은교는 엄마

가 생일 선물로 사준 거라며 "똑같은 거 사도 똑같지 않아요!"라고
한다. 그때, 이적요가 일어나 벼랑으로 몸을 돌린다. 그리고 위험
을 무릅쓰고 가파른 절벽으로 내려가 은교의 손거울을 집어든다.

　그녀가 소중하게 여기는 거라면, 하찮은 것을 위해서라도 목숨
을 바칠 각오가 되어 있는 남자. 그런 남자를 여자가 어떻게 사랑
하지 않을 수 있을까. 중요한 것은 나이가 아니다. 사랑에는 늙음
과 젊음, 다른 조건이 놓이지 않는다. 사랑하는 동안에는 그저 남
자 아니면 여자다.

　그러니 이들 중에 은교는 누구를 사랑했을까?

　"할아부지는요. 은교보다요. 더…… 불쌍해요……."

　은교의 고백이 그 대답이다. 그리고 이적요의 고백이 또다른 대
답이다.

　그런 게 사랑이라고 불러도 좋다면, 나의 사랑은 보통명사가 아
니라 세상에 하나밖에 존재하지 않는, 고유명사였다.

　사랑하면, 가슴이 설렌다. 심장이 떨린다. 창백했던 육체가 뜨
겁게 피돌기를 시작한다. 관절에 꽃이 피어난다. 시들었던 식물이

물을 흡수한 것처럼 생생해진다. 등잔의 스위치를 막 켠 것처럼 환해진다. 그러므로 사랑은 목숨이다. 사랑한다는 것은 살아 있음의 증거다. 사랑은…… 삶이다.

박범신, 『은교』, 문학동네

사랑은   등화관제 끝에 켜지는 등불이다

모든 신화의 전제조건은 이것이다. 인간은 원래 불행하게 태어났다.

'불행하다'는 언젠가는 죽는다는 사실처럼 분명한 삶의 조건이다. 이미 불행하다는 전제하에 그 속에서 어떻게든 행복을 찾아나가는 것. 그것이 인생이다. 그래서 우리는 절실하다. 빈 눈빛을 나눌 시선이. 추운 몸을 덥힐 체온이. 외로움을 비빌 언덕이.

사랑 없이 살 수 없다. 혼자서 가는 길은 너무 외롭다. 춥다. 두렵다. 사랑 없이는 도저히 안 되게 만들어진 존재가 사람이다. 그러므로 사랑은 곧 삶.

사랑을 뺏는 것은 격렬한 침투 행위다. 사랑이 사라지는 것은 죽음과도 같은 허무다. 그러니 절실할 수밖에……. 목숨이 달린 일이니 치열할 수밖에……. 죽어서도 사람인 것처럼 이별하고 나서도 사랑일 수밖에……

전쟁과 사랑은 그래서 통하는 것일까. 나는 전쟁의 시기에 피어난 사랑 이야기에 꽂히는 편이다. 그중에서도 레마르크의 『개선문』을 책장에서 자주 꺼낸다.

1933년 히틀러의 1차 금서 리스트에 오른 작가 레마르크는 『개선문』의 라비크처럼 불법체류자였다. 조국의 시민권이 박탈된 채 국적도 없이 스위스로 미국으로 떠돌았던 망명 작가 레마르크. 그는 냉혹한 시대를 따뜻한 심장으로 살아갔던 휴머니스트였다.

외과의사 라비크의 망명생활과 사랑, 그리고 복수를 담고 있는 레마르크의 『개선문』. 라비크는 감정을 시멘트로 덮어버리고 심장은 차갑게 냉각시키고, 이름마저 삭제한 채 냉소를 짓는 남자다. 따뜻한 심장을 냉혹한 가면으로 무장한 채 살아가는 남자. 잊고자 하지만 도저히 잊히지 않는 옛일 때문에 괴로워하는 남자.

"노르망디의 바람 불고 유서 깊은 과수원에서, 더운 여름과 푸른 가을 내내 사과 위에 쪼였던 햇빛아. 우리와 함께 가자. 우리는 네가 필요하단다."

술병에 대고 이렇게 말하며 칼바도스를 즐겨 마시는 남자, 라비크. 그리고 사랑만 알고 그 밖의 것은 하나도 모르는 얼굴을 한 여자, 조앙 마두가 나온다. 제2차 세계대전 전후의 파리. 라비크는 나치 강제 수용소를 탈출해서 불법 입국한 독일의 외과의사다. 트 렌치코트의 깃을 올리고 칼바도스에 취한 채 파리의 거리를 걸어 가는 그는 늘 냉소를 머금고 있다.

"사자는 영양을 죽이고, 거미는 파리를 죽이고, 여우는 닭을 죽 이지. 그런데 세상에서 단 하나, 끊임없이 저희들끼리 서로 전쟁 하고, 싸우고, 죽이는 유일한 것은 뭘까?"
"두말할 것 없이 만물의 영장, 인간이지."

전쟁을 혐오하며 무허가 수술로 생계를 꾸려가는 그에게 유일 한 생의 목적이 하나 있다. 자신을 고문하고 연인을 죽게 한 게슈 타포 하아케에게 복수하는 것.
비 오는 밤, 깜깜한 밤길을 걸어가는 라비크의 시선에 한 여인 이 들어온다. 다리 난간에 기대어 비 내리는 센 강을 보는 여인. 그 여인은 강물에 몸을 던지려고 한다. 그녀의 이름은 조앙 마두. 라비크는 그녀를 구해내고 집으로 데려간다. 그리고 젖은 구두를 벗기고 털양말을 신겨준다.

"괴로울 때는, 하찮은 일에서도 위안을 찾아내도록 해야 해요. 옛날부터 내려오는 군인들의 철칙이오."

망명자들이 들끓는 호텔에서 연명해가는 임시 생활자인 라비크. 그의 고독한 삶에 그가 즐겨 마시는 사과주 칼바도스의 향기와 같은 사랑이 스며든다.

"저는 불행으로 가득찬 여자예요. 불행말고는 아무것도 가진 것이 없어요."

사랑할 땐 사랑이 전부이고, 절망할 땐 절망이 전부인 여자, 조앙. 라비크는 그녀를 행복하게 해주고 싶다. 조앙에게 사랑은 꿈이다. 하지만 여권도 신분증도 없는 남자에게, 위법으로 수술을 해주며 생계를 유지하는 남자에게, 언제든 체포되어 추방될 위험에 노출된 라비크에게, 사랑은 사치다. 그래서 따뜻한 심장을 숨긴 차가운 얼굴로 조앙을 대한다. 조앙 마두는 "사랑이란 서로 속하는 거예요. 영원히"라고 한다. 라비크는 생각한다. '영원히라고? 허. 애들이나 읽는 동화인가? 단 몇 분도 붙잡아둘 수 없는데……'
조앙은 라비크를 사랑하지만 그의 닫힌 마음 문을 열 재간이 없다.

"당신은 바위가 아니에요. 콘크리트 덩어리예요."

자기를 사랑해달라고 호소해보지만 차가운 라비크의 마음을 녹일 방법이 없다. 라비크는 사고가 생긴 여자를 돕다가 불법체류자임을 들키고 만다. 조앙에게 사정을 알릴 사이도 없이 외국으로 추방되는 라비크. 그가 떠나버린 동안 조앙은 외로움을 견디지 못한다. 그 대상이 누구이건 현재진행형인 사랑이 필요한 여자가 아닌가. 그녀는 프랑스 배우를 만난다. 그리고 그 남자 덕에 조연 배우가 된다. 석 달 만에 라비크는 파리로 다시 돌아온다. 그를 사랑한다고 말하는 조앙. 그러나 라비크는 냉정하다.

"한 놈은 도취와 즉흥적인 사랑, 출세를 위해 필요한 도구로 사랑하고, 또 한 놈은 깊고 다르게 사랑한다고 말하면서 휴식 시간을 위한 안식처로서 소유하고자 하다니. 그만해줬으면 좋겠어. 당신은 너무 많은 종류의 사랑을 하는군."

라비크에게 조앙은 말한다.

"난 당신 속으로 한 번도 송두리째 들어가보질 못했어요. 정말 들어가보고 싶었어요. 얼마나 소원했는지 몰라요. 당신은 당장

에라도 떠나가버릴 것만 같은 생각이 항상 들었어요."

라비크는 결국, 원수인 하아케를 자신의 손으로 처단한다.

복수도 했고 사랑도 가졌다. 그것으로 충분했다. 모든 것이
다 좋았다. 그는 한 사람을 사랑했고 그 사람을 잃었다. 그는
다른 한 사람을 증오했으며, 그를 죽였다.

라비크를 사랑하는 조앙을 프랑스 배우는 질투한다. 결국 그 남
자가 쏜 총에 맞는 조앙. 라비크는 급히 달려가 그녀를 수술한다.
그러나 이미 그녀를 구할 수 없는 상태였다. 조앙은 죽어가며 그에
게 말한다.

"그때의 나는…… 당신이 처음 보았을 때 나는…… 어디로 가야
할지 통 모르고 있었어요……. 당신이 일이 년을 제게 주신 거예
요. 이건…… 선물 받은 시간이었어요."

생명의 불꽃이 꺼져가는 그녀에게 라비크는 얼음 같은 심장을
열어 고백한다.

"당신은 늘 나와 함께였어. 내가 당신을 사랑했을 때나 미워했을 때나, 아주 무관심한 것처럼 보였을 때나…… 당신은 언제나 나와 함께였어. 당신은 내게 빛이었고 감미로움이었고 고통이었어. 당신은 나를 흔들어주었고, 나에게 당신과 나 자신을 주었어. 당신이 나를 살아가게 한 거야."

그동안 그들은 언제나 빌려온 언어로 서로 대화를 해왔다. 그러나 그 마지막 순간, 그들은 자신도 모르게 자신의 말로, 그들 각각의 모국어로 얘기하고 있었다. 언어는 알아들을 수 없었지만, 그 어느 때보다 서로를 잘 이해하는 순간이었다.

"사랑이란 말로 할 수 없는 거야. 말은 극히 일부분에 지나지 않아. 강물 속 물방울 하나, 나뭇잎 하나에 지나지 않아."

죽어가는 조앙을 품에 안고 라비크는 속삭인다. 조앙은 죽고, 모든 것이 끝났다. 라비크는 불법체류자에 무면허 의사로 체포되어 프랑스의 강제 수용소로 끌려간다. 그리고 트럭에 실려 등화관제 된 깜깜한 파리의 거리를 떠난다.

소설의 마지막은 이렇게 장식된다.

너무 어두워서 개선문조차 이제 보이지 않았다.

예전에 등화관제 훈련을 한 적이 있다. 민방위 사이렌이 울리면 거리의 가로등도, 집 안의 불빛도 모두 소등한다. 세상이 일순 깜깜해지고 정적이 흐른다. 불빛 하나 없는 세상이 무서웠다. 시간이 지나면 다시 불을 켤 수 있었음에도 두려웠다. 끝날 것 같지 않아서 숨막혔다.

누구에게나 인생의 이런 시기가 있지 않을까. 등화관제 훈련 같은 지점. 라비크가 냉소 속에 숨겨진 따뜻함으로 전해준다. 우리가 살아가는 일은 등화관제 된 광장을 걷는 일처럼 어둡고 캄캄한 일이라고……. 그런데 그 어두운 거리를 밝혀주는 것이 사랑이라고…….

가로등이 일제히 꺼져버린 거리를 나 홀로 걸어가는 때. 안개마저 내리고 이정표도 없이 깜깜한 길을 걸어가는 때. 한 치 앞을 볼 수 없고 한기가 으슬으슬 돌고 걸음이 비칠거려질 때…… 멀리 한줄기 불빛처럼 사랑이 켜지는 순간이 있다. 그럴 때 사랑은, 위기의 내 삶에 던져지는 구명대다. 사랑하는 사람은, 위태로운 내 삶의 구조대원이다.

에리히 마리아 레마르크, 『개선문』

사랑에는　　　새드엔딩이 없다

한번 걸리면 고치지 못하는 불치병. 생각하면 펄펄 열이 끓고, 안 보면 눈이 멀어버리는 병. 그 병명이 사랑이라면 이 시대 사람은 믿을까 비웃을까.

사랑의 유효기간이 점점 짧아진다. 급히 뜨거워졌다가 단번에 식는다. 기다리지 못하고 다른 사랑을 찾는다. 사랑이라는 말, 참 흔해졌다. 그러나 사랑, 참 어려워졌다. 그런 시대에 살고 있는 우리. 그러나 그럴수록 우리는 동경한다. 평생 변치 않는 사랑을……. 잘나가고 예쁠 때만이 아니라 늙고 힘 없어도 오직 당신이라며 곁에 머물러주는 사랑을…….

이렇게 대책 없는 사랑 낭만주의에 헤밍웨이는 일찍이 쐐기를 박았다. '사랑에는 해피엔딩이 없다'고. 어떤 방식으로든 연인은 헤어지니까. 한 사람의 마음이 변하든, 한 사람이 먼저 죽든, 그렇게 헤어지니까.

그러나 '사랑에는 해피엔딩이 있다'고 말해주는 소설이 있다. 『콜레라 시대의 사랑』. 쓸쓸하지만, 슬프지만, 아련하지만, 그러나 분명 해피엔딩이다.

이 소설을 쓴 콜롬비아 작가 가르시아 마르케스는, 한때 파리의 지하철역에서 노숙자 생활을 하며 구걸하기도 했다. '마피아의 집'이라고도 불리던 자신의 집에 틀어박혀 하루에 여섯 갑의 담배를 피우며 집필에 몰두했던 그는, 1982년 『백년 동안의 고독』으로 노벨문학상을 수상했다.

그가 쓴 소설 『콜레라 시대의 사랑』은 낭만적 사랑 이야기다. 그래서 해마다 밸런타인데이가 되면 미국이나 중남미에서 추천도서 목록에 오른다. 영화 〈세렌디피티〉에서는 주인공들의 운명적인 인연을 이어주는 책으로 등장했고, 우리나라에서는 영화 〈죽어도 좋아〉의 모티브가 되기도 했다.

콜레라에 한번 걸리면 죽을 수밖에 없었던 것처럼, 지독한 사랑을 한 남자의 이야기, 사랑하는 여자를 다시 만나기 위해 51년 9개월 4일을 기다린 남자의 이야기는 이렇게 시작된다.

우르비노 박사가 죽었다. 그 장례식장에 미망인을 만나러 온 노신사가 있었다. 그는 미망인 페르미나에게 고백한다. 단 하루도 잊은 적 없노라고. 당신은 영원한 나의 사랑이라고.

그 남자의 가슴에 사랑은 어떻게 찾아들었을까? 심부름으로 그녀의 집에 전보를 전하러 갈 때였다. 전보를 주고 나서는데, 정원에서 여자의 목소리가 들려온다. 순간 정원이 환해져온다. 한 소녀가 고모에게 읽기 수업을 하다가 눈을 들어 창밖을 본다. 그 우연한 시선은 50년이 지난 후에도 끝나지 않는 사랑의 시작이었다. 가난한 청년 플로렌티노는 부유한 상인의 딸 페르미나를 그렇게 사랑하게 된다. 그날 이후 플로렌티노는 공원의 아몬드나무 그늘 아래 벤치에 앉아서 시집을 읽는 척한다. 푸른 줄무늬 교복을 입고 머리에 리본을 단 그녀가 지나갈 때까지.

그녀에게 편지를 쓰다보니 일흔 장이나 된다. 그 편지들은 하도 많이 읽어서 외워 낭송할 수 있을 정도다. 그러나 다 놔두고 간결하고 명확하게 적은 반 페이지만을 가져가기로 마음먹는다.

그 남자와 그 여자는 연애편지를 주고받기 시작한다. 플로렌티노는 잡화점의 뒷방에서 나오는 야자수 기름 램프의 연기에 건강을 해쳐가면서 글자 하나하나를 쓴다. 시집을 여든 권이나 가지고 그 시인들을 모방해가면서 새벽 첫닭이 울 때까지 편지를 쓴다.

하지만 페르미나의 아버지는 두 사람을 떼어놓기 위해 딸을 먼 곳으로 떠나게 한다. 페르미나는 화장실에 들어가 두루마리 화장지를 뜯어 플로렌티노에게 보내는 간단한 작별 편지를 쓴다. 그리고 머리카락을 잘라 벨벳상자 안에 편지와 함께 넣어 보낸다. 그렇게 플로렌티노와 헤어진 후, 페르미나는 의사인 우르비노 박사와 결혼한다. 그녀의 결혼 소식을 들은 플로렌티노는 상처 입은 가슴을 안고 증기선을 탄다. 그렇다면 결혼한 페르미나는 행복했을까? 그녀 역시 불행했다.

그후 그들은 각자의 자리에서 세월을 견뎌냈다. 여자는 상류사회의 지루하고 미지근한 삶을 견뎠고, 남자는 잊지 못하는 사랑을 품은 채 부글부글 들끓는 시간을 견뎠다. 그리고 다른 여자와 결혼한 남자는 사랑 없는 여자와 사는, 식은 세월을 견뎠다. 그들은 각자 콜레라를 앓듯 사랑을 앓았다. 죽은 듯 살았다. 50년의 세월을……

그렇게 세월이 흘렀고, 여자의 남편이 죽자 장례식장에 남자가 나타난 것이다. 그리고 여자에게 덥석 말해버린 것이다. 51년 9개월 동안 당신을 기다려왔노라고.

힘든 결혼생활 내내 아내의 역할을 다하기 위해 노력했던 페르미나였다. 그녀의 마음은 쉽게 열리지 않는다. 플로렌티노는 그녀를 처음 만나 사랑에 빠졌던 그때처럼 다시 편지를 보내기 시작한다. 인생과 사랑, 늙음과 죽음에 대한 명상을 담은 편지를……. 플로렌티노의 편지는 적어도 사흘에 한 번씩 페르미나에게 도착된다. 남편의 1주기가 가까워지면서 그녀는 마음이 조용한 숲으로 들어가는 것을 느낀다. 플로렌티노의 편지가 그녀의 마음을 안정시켜왔던 것이다. 드디어 페르미나는 플로렌티노의 방문을 받아들인다.

플로렌티노는 말한다. 사랑은 시간과 장소를 막론하고 사랑이라고. 그리고 죽음의 시간이 다가올수록 사랑의 농도는 진해진다고. 그는 그녀와 함께 떠나는 여행을 계획한다. 두 사람은 증기선을 타고 여행을 떠난다. 이제 다시 각자의 집으로 돌아가는 것은 생각할 수 없게 된 두 사람. 선장이 언제까지 여행할 건지 묻는다. 플로렌티노가 대답한다.

"우리 목숨이 다할 때까지."

한번 가슴에 침범하면 다시는 나가지 않는 지독한 질병, 한번 걸리면 죽어야 끝이 나는 질병, 콜레라처럼 평생 아프게 하는 혹독한 불치병, 사랑……. 이 병에 걸리고 나면 눈이 멀어서 다른 사람은 보이지 않고 평생 한 사람만 보이는 안경을 쓴다. 귀가 멀어

서 다른 소리는 들리지 않고 오직 한 사람의 목소리만 들리는 보청기를 낀다. 잊고 살다가도 한순간 치통처럼 기억을 앓아야 하고, 다른 사랑을 하다가도 어느 순간 위경련처럼 급습하는 통증을 치러야 한다.

그러니 '사랑은 영원하지 않다'는 말은 수정해야 하는지도 모른다. '사랑은 시작은 있지만 끝은 없는 중독'이라고. 그리고 '사랑에는 해피엔딩이 없다'는 말도 바꿔야 하지 않을까. '사랑에는 새드엔딩이 없다'고.

이별은 사랑의 끝이 아니다. 그리워하는 한, 추억하는 한……

가브리엘 가르시아 마르케스, 『콜레라 시대의 사랑』 민음사, 송병선 역

사랑은   눈물의 강이 흐르는 슬픈 지도이다

사랑하는 사람들은 그 사랑을 잃고 싶어하지 않는다. 그러나 운명은 어떡하든 사랑을 이별의 강 앞에 데려다놓는다.

마음이 변해 이별하든, 세상이 갈라놓아 이별하든, 목숨이 다해 이별하든, 사랑의 끝은 이별이다. 한 사람은 떠나고 한 사람은 남는다. 떠난 사람도 남은 사람도 마음에 지도 하나를 가지게 된다. 그 지도에는 다시 건널 수 없는 강이 놓인다. 그렇게 사랑하는 사람은 언젠가는 눈물의 강이 흐르는 슬픈 지도를 가지게 된다.

그런데 사랑하는 사람은 잃었지만 절대 사랑을 잃지 않는 사람들도 많다. 사람은 떠나도 사랑은 남는다. 그 사랑은 사람이 소멸하는 그 순간까지 존재의 이유를 부여한다.

여자 작가인 에쿠니 가오리가 쓴 빨간 표지의 책, 남자 작가인 츠지 히토나리가 쓴 푸른 표지의 책, 두 권의 책으로 구성된 『냉정과 열정 사이』. 빨간 책은 여자 작가가 여자 주인공 아오이의 관점에서, 푸른 책은 남자 작가가 남자 주인공 준세이의 관점에서 소설을 펼쳐나가는, 릴레이 러브스토리다.

보석 가게 점원으로 일하면서 미국인 남자와 함께 지내는 아오이, 그녀에게는 오래전에 헤어진 사랑하는 사람이 있었다. 그와 사랑을 할 때 아오이는, 내내 준세이와 함께일 것이라고 생각했다. 서로의 인생은 다른 곳에서 시작됐지만 반드시 같은 장소에서 끝날 것이라고, 영원히 준세이와 함께일 것이라고 생각했다. 그러나 그들은 이별하고 말았다.

아오이와 헤어진 후 준세이는 고미술품 복원전문가가 되었고, 아름다운 애인도 생겼다. 그러나 옛사랑 아오이를 잊을 수는 없었다.

아오이와 준세이는 그렇게, 오래전에 헤어진 후 각자 다른 사랑을 하면서도 서로 잊지 못해 그리워한다. 그런 어느 날, 두 사람은 10년 전의 약속을 떠올린다. 아오이의 서른번째 생일에 피렌체의 두오모 성당에서 만나자고 한 약속을 지키기 위해 그곳으로 달려가는 두 사람. 성당에서 재회한 두 사람은 그동안의 그리움을 씻어내듯 애절한 사랑을 나눈다.

살아가는 동안 우리 마음에는 두 가지가 필요하다. 그것은, 신념과 사랑. 이 세계는 아름답다는 신념. 지저분한 전쟁이 터지고 살육이 일어나고 사랑을 갈라놓게 하고 욕망과 뒷거래가 들끓고 질시와 증오와 음모가 있는 세계. 그런 곳이라고 해도 세계는 훌륭하다는 신념, 그러니 그것을 위해 일할 수 있다는 신념.

그리고 그 신념보다 더 높은 사랑. 현재의 시간을 붙들고 싶어지는 사랑, 미래를 꿈꾸게 하는 사랑, 운명이 갈라놓는다 해도 언제나 함께하는 사랑.

어떤 인생이든 고난은 온다. 그런데 고난이 온 후에 어떻게 했는가가 그의 인생을 말해준다.

어떤 사랑이든 이별은 온다. 그런데 이별이 온 후에 어떻게 했는가가 그 사랑을 말해준다.

정채봉의 시에서 읊고 있는 것과 같이, 사랑은 가슴에 눈물의 강이 흐르는 슬픈 지도를 남긴다. 그러나 남겨진 사람도 떠난 사람도 행복하다. 그리움도 사랑은 사랑이니까. 그리움으로 하얗게 지샌 불면의 밤, 차가운 유리창에 이마를 대고 흘린 눈물조차 사랑이니까.

에쿠니 가오리는 후기에 이렇게 쓰고 있다.

어떤 사랑도, 한 사람의 몫은 2분의 1인 것이다.

한 사람은 기억하고, 한 사람은 망각한다면 그 사랑은 반쪽짜리 사랑이다. 한 사람만 노력하고, 한 사람은 방관한다면 그 사랑 역시 절반의 사랑이고, 한 사람은 그리워하는데 한 사람은 잊고자 한다면 그 역시 채울 수 없는 사랑이다. 폐허가 되어버린 나를 재생시키는 사람. 그 사랑의 절반을 나는 어떻게 채워가고 있을까?

에쿠니 가오리·츠지 히토나리, 『냉정과 열정 사이』, 소담, 김난주·양억관 역

사랑은　　　장미 가시에 찔리는 순간이다

장미는 아름답다. 그래서 따고 싶다. 따는 순간 그 가시에 찔릴 것을 알면서도 따지 않을 수가 없다. 그 향기와 자태에 홀려 손을 내밀지 않을 수가 없다. 장미 가시에 찔린 순간의 아픔, 상처…… 그것이 사랑이라면……. 그렇다고 해도 사랑하겠는가? 아프지 않고 상처 입지 않으니 그 사랑을 놓치겠는가?

　켈트 족의 전설에 나오는 가시나무새가 있다. 일생에 단 한 번 우는 새인데, 가장 길고 날카로운 가시를 찾아 스스로 자기 몸이 찔리게 한다. 죽어가는 새는 드디어 종달새나 나이팅게일도 따를 수 없는 아름다운 노래를 부른다. 가장 아름다운 노래와 목숨을 맞바꾸는 것이다. 가시나무새는 그 선택이 어떤 선택인지도 모르고 가시나무에 찔려 가장 아름다운 노래를 부르며 죽어간다. 그런데 인간에게도 선택할 수 있는 고통을 신이 주셨다.

그중의 하나는 가시에 찔려 피를 흘리는 것, 또하나는 상처 없이 살아가는 것. 이숭에 어떤 선택을 할까?

가시나무새에 대한 전설을 배경으로 한 소설이 있다. 오스트레일리아 작가 콜린 맥컬로가 쓴 『가시나무새』. 이 소설을 읽다가 눈물 흘러내린 뺨으로 잠들었던 때가 기억에 선하다.

오스트레일리아의 드넓은 목장 주인 메어리는 부유한 미망인으로 자신이 후원하고 있는 성당의 랠프 신부를 짝사랑하고 있었다. 랠프는 야심만만한 신부인데 사소한 실수로 좌천되어 목장 지역으로 보내졌던 것. 목장 관리인이 그만두자 메어리는 뉴질랜드에 사는 남동생 가족을 불러들인다.

그 가족을 마중나온 사람은 랠프 신부. 신부는, 다가오는 어린 소녀 메기를 쳐다보는 순간, 마치 장미 가시에 찔린 듯 움찔한다. 그 소녀의 눈은 신비스러운 수정과 같았다. 랠프는 생각한다. '보석을 녹여 만든 눈과 같다'고. 이것이 랠프 신부와 메기의 희망 없는 긴 사랑의 시작이었다.

메기의 오빠가 아버지와 크게 다투고 집을 나가는 날, 메기는 신부에게 묻는다.

"신부님도 멀리 떠나야 하나요?"

오래 곁에 있어주겠노라 대답한 신부는, 뜨거운 감정이 솟구치며 눈시울이 더워진다. 메기는 점점 자라 아름답게 꽃핀다. 메어리 고모는 죽어가면서 랠프 신부에게 전 재산을 남긴다. 그 재산으로 랠프 신부는 앞으로 추기경이 될 수 있을 것이었다. 랠프 신부의 야망을 알고 있던 메어리 고모는, 죽어가면서 그와 메기를 이렇게 갈라놓고 간 것이다.

랠프 신부는 메기에게 죽을 때까지 잊을 수 없을 거라는 말을 남긴다. 메기가 발돋움하여 신부에게 애인으로서의 키스를 한다. 그렇게 헤어진 후 메기는 첫 키스의 날카로운 기억을 음미하고 또 음미한다.

아버지는 메기의 마음을 짐작하고 말한다.

"랠프 신부가 네게 한 행동은 성직자가 소녀를 귀여워한 거야. 그것 외에는 아무것도 아니야. 그뿐인 거야."

그러나 메기를 떠나간 랠프 신부도 고통스러워하고 있었다. 메기! 메기! 메기! 오직 그 한 이름만을 가슴으로 외치는 랠프 신부. 그는 대주교를 만나는 중에도 메기의 환상을 좇고 있었다.

1930년, 목장에 불행이 연이어 일어난다. 목장의 산불에 아버지가 타 죽고, 오빠는 아버지 시체를 발견하고 그것을 알리는 공포(空砲)를 계속 발사하다가 총성에 놀란 멧돼지의 뿔에 공격당해 즉사한다. 랠프 신부가 그 소식을 듣고 집으로 달려와 짐승이 울부짖듯 메기를 찾는다.

랠프는 메기에게 다가가 기도하듯 무릎을 꿇고 메기의 찬 손을 힘껏 잡는다. 메기는 오랜 기다림이 이뤄진 기쁨이 그 어떤 슬픔보다 크다는 것을 느낀다.

그러나 랠프는 모든 사고를 처리한 후 다시 떠나야 했다. 메기가 장미를 내민다.

"이 장미는 화재에도 무사하고 비에도 무사했어요. 신부님께 드리려고 땄어요."

신부는 성경의 한 페이지에 그 장미꽃을 소중하게 넣어둔다.

"난 메기가 착하고 친절한 남자와 결혼하길 바라. 나를 잊어버려, 메기."

작별의 키스도 하지 않은 채 랠프는 그렇게 떠나버린다. 더 아름답게 자라난 메기의 눈빛에서 관능의 욕망을 발견한 두려움 때문이었다.

랠프 신부에게는 좋은 소식이 기다리고 있었다. 그가 주교가 되었다는 소식이었다. 오랫동안 꿈꾸던 것들이 이뤄지고 있었다. 랠프가 떠나버린 것에 대해 배신감을 느낀 메기는 목장에 들어온 새 일꾼과 홧김에 결혼해버린다. 메기는 불행한 결혼생활을 해나간다. 결혼이 실패라는 결론을 내릴수록 랠프가 미웠다. 불행할수록 랠프를 증오하고 또 증오했다.

몸이 약해진 메기는 혼자서 멀리 외로운 산호섬 마틀로크로 휴양을 떠난다. 그 휴양지에서도 메기는 오직 랠프를 그리워한다. 랠프는 로마 바티칸의 추기경으로 내정된다. 그곳으로 가기 전에 휴가를 얻은 랠프는 메기가 있는 곳으로 간다.

그녀는 그의 타락이며, 장미이며, 창조물이었고, 영원히 깨어나지 못할 꿈이었다.

랠프는 눈먼 사랑의 관능에 굴복하고 메기를 뜨겁게 안는다.

"메기. 난 이렇게 행복한 적이 없고 이토록 불행했던 적도 없어."

메기는 남편과 이혼하고 고향의 목장으로 돌아간다. 그리고 그곳에서 랠프의 아들 데인을 낳는다. 랠프 신부와 똑같이 생긴 아름다운 아들이었다. 모두가 그 아이를 보면 행복해졌다.

훌륭한 청년으로 성장한 데인은 성직자의 길을 걷겠다고 선언한다. 로마에 있는 랠프를 찾아가 신부가 되는 길을 걷고 신부 서품식을 받은 데인. 아름다운 청년 데인에게 불행이 닥친다. 데인은 크레타에서 물에 빠진 사람들을 구하고 죽어간다.

데인이 죽고 난 후, 랠프는 비로소 데인이 그의 아들이었음을 알고 오열한다. 메기가 그런 그를 보고 말한다.

"데인을 당신께 보내면서 내가 편지로 썼죠. 내가 훔친 것을 다시 돌려드린다고. 우리 두 사람이 같이 훔친 거예요. 당신이 하느님에게 바치기로 맹세한 것을 훔쳤고, 우리 두 사람은 그 대가를 이제야 치르게 되는 거예요."

랠프는 후회하며 자책한다.

'너는 장님이었다. 유일하게 바라는 것은 오직 추기경이라는 직함뿐. 너는 모든 것보다 그것을 더 원했다. 심지어 네 아들보다도!'

고통을 참을 수 없어 비명을 지르는 랠프를 메기는 품안에 안는다. 랠프는 메기의 품안에 머리를 파묻고 깊은 망각 속으로 빠져든다.

가시나무새는 왜 가장 날카로운 가시를 찾아 헤매는 걸까? 왜 그 가시에 자기의 몸을 찔리게 해야만 할까? 왜 그 가시에서 아름다움과 구원을 느껴야만 하는 걸까? 그에 대해 작가는 말한다.

그것이 인생이니까요…….

영혼에 상처 하나 남기지 않는 사랑이 과연 진정한 사랑이라고 할 수 있을까? 큰 상처 없이 살아간 인생이 과연 치열하게 살아간 인생이라고 할 수 있을까? 심장을 바칠 수 있는 사랑이 진짜 사랑은 아닐까? 내 모든 것을 다 걸고 선택한 삶이 제대로 사는 삶은 아닐까?

단 한 번도 가시에 찔려보지 않고 가장 아름다운 노래가 무엇인지 모르고 살아온 인생이 가장 가여운 인생은 아닐까? 어쩌면 이런 생각을 하는 순간이 바로 가시에 찔리는 순간인지도…….

———

콜린 맥컬로, 『가시나무새』

사랑은   여름에 내리는 눈이다

깊은 바다에서 플랑크톤이 죽어 떨어지는 모습이 마치 하얀 눈이 내리는 모습과 같다고 한다. 그래서 여름에도 볼 수 있는 눈, 그러니까 '썸머 스노우'라고 부른다.

뜨거운 여름날에 갑자기 하얀 눈처럼, 사랑은 예고 없이 다가온다. 그리고 뜨거운 태양 아래 내리는 눈처럼 빨리 녹아 사라진다. 잡으려고 하면 사라지고 쥐려고 하면 달아나는 여름날의 눈. 현실이 아닌 환상 속에서나 볼 수 있는, 그래서 허무한 여름날의 눈. 사랑은 썸머 스노우다.

프랑스 현대문학의 대표적인 작가인 마르그리트 뒤라스의 콩쿠르 문학상 수상작인 『연인』. 이 소설 속의 사랑도 썸머 스노우처럼 신비롭게 내렸다가 사라져간다. "나는 열여덟 살에 이미 늙었다"고 시작되는 소설 속의 화자인 작가는 소녀 시절의 그날을 회상한다.

제2차 세계대전 직전의 프랑스령 인도차이나. 소녀는 사이공의 국영 기숙사에 살면서 프랑스인 학교를 다니고 있었다. 남편을 잃고 여자 혼자서 세 아이를 키워야 했던 어머니는 토지를 잘못 샀다가 거의 파산 상태에 있었고, 절망한 나머지 머리마저 이상해지고 말았다. 폭력을 휘두르는 큰오빠와 그 그늘에서 숨어 사는 작은 오빠. 그렇게 소녀의 가정은 사랑과 증오가 뒤섞이며 소용돌이치는 숨막히는 분위기에 싸여 있었다.

그런 어느 날, 소녀는 집에 갔다가 사이공으로 돌아오던 중에 메콩 강을 건너는 나룻배에 오른다. 헐렁한 드레스에 남자 중절모를 쓰고 뱃전에서 다리 한쪽을 올린 채 먼 곳을 응시하는 소녀……. 그녀를 오래 바라보는 청년이 있었다. 비참한 가정환경 속에서 자유를 갈구하는 반항심과 조숙한 욕망이 뒤섞인 소녀의 눈빛은 청년의 마음을 사로잡았다.

그들의 사랑은 뜨겁게 타올랐다. 그러나 중국인 부호 청년과 가난한 백인 여자 사이에 공통된 미래는 없었다. 청년의 아버지는 그들의 사랑을 용납하지 않았고, 소녀의 식구들은 식민지 백인의 우월감에 싸여 그를 무시했다. 결국 식구들과 함께 프랑스로 가며 소녀가 작별을 고하자 청년은 말한다. 널 내 곁에 둘 수 없는 난,

이미 죽은 거라고…….

소녀는 사이공을 떠나 프랑스로 가는 배에 오른다. 배가 천천히 출발하며 방향을 틀자, 소녀의 시선에 잡히는, 부두 한 귀퉁이의 검은색 승용차. 그가 차 안에서 몰래 그녀를 배웅하고 있었다.

소녀는 울지 않았다. 그러나 어느 날 밤, 배 안의 중앙 갑판에서 음악이 흘러나오자 무너지듯 주저앉으며 울음을 터뜨린다.

사랑인 줄 알지만 그 어떤 것도 할 수 없는 상황이 있다. 달려갈 수도 없고, 외면할 수도 없고, 고백할 수도, 달아날 수도 없는 상황. 그저 닫힌 문 앞에서 기다리는 일밖에 할 수 없는 사랑이 있다. 마치 달과 태양의 사랑처럼…….

밤에만 나타나는 달과 낮에만 나타나는 태양. 달이 나타나면 태양은 들어가야 하고 태양이 나타나면 달이 들어가야 하는데, 서로 사랑하게 된다면 어떻게 될까. 태양을 사랑하는 달은 눈물을 흘려야 했고, 태양은 그저 달의 눈물에 아파해야 하겠지. 태양이 떠오르면 스러져가는 달처럼 그를 위해서 내가 사라져야 하는 사랑, 그렇게 아픈 사랑도 있다.

안타까운 사랑은 이외에도 여러 가지가 있다. 서로 좋아는 하지만 서로가 내는 삶의 음이 다르기 때문에 가치관의 차이로 어쩔 수 없이 헤어지는 '음치의 사랑'이 있다. 그런가 하면 서로를 안으면

서로의 상처 때문에 가슴이 찔리는 '고슴도치의 사랑'이 있고, 헛된 집착 때문에 다가온 사랑을 보내버리는 '바보의 사랑'이 있다.

바라보다가 바라보다가…… 이제 그만 지쳐버려서 떠나는 사람……. 떠나는 사람이 이미 등을 돌리고 나서야 그 사랑을 발견하는 사랑은 허망하다. 여름날 내리는 눈처럼 스러지는 사랑이라지만, 아픈 사랑은 우리 삶의 흔적이 되어 쓸쓸한 석양빛으로 어린다. 때로는 향기로운 꽃향기로 스민다. 사랑은, 여름날의 눈인 듯 내려와 차마 녹아내리지 못하고 거짓말처럼 영혼에 깊이 새겨지는 문신이다.

마르그리트 뒤라스, 『연인』, 민음사, 김인환 역

사랑하는 사람은　운명으로 정해진 이름이다

대학 다닐 때 학교 길목에서 붕어빵을 파는 아저씨가 있었다. 아저씨는 언제나 사람 좋은 웃음을 웃으며 행복하게 붕어빵을 구워 팔았다. 시험 기간 어느 날 새벽, 도서관에 가는데 붕어빵 아저씨가 조깅을 하고 있었다. 붕어빵을 더 맛있게 만들고, 오래오래 그 일을 하기 위해 자기 관리를 하는 것이었다. 그리고 나중에 알게 되었다. 붕어빵을 팔아 우리 학교에 장학금을 내고 있다는 사실을. 그 어떤 재벌보다, 그 어느 스타보다 멋진 아저씨였다.

졸업한 후 TV 다큐멘터리를 보다가 깜짝 놀랐다. 그 붕어빵 아저씨가 우리 학교 학생과 결혼을 했다는 것이다. 세상의 조건과는 거리가 멀어도 한참 먼 붕어빵 아저씨와 여대생과의 결혼이라니…….

붕어빵을 파는 노총각과 여대생의 결혼은 화제가 되기에 충분했고, 한동안 사람들 입에 오르내렸다. 학벌과 외모를 떠나 인간의 내면 그 자체만 들여다본 그 후배도 대단했고 세상 잣대로 보면 도저히 이루어질 수 없을 것만 같은 사랑을 기어이 이뤄낸 그 아저씨도 참 대단하다는 생각을 했다.

진정한 결혼이란 그런 것 아닐까? 그 사람의 내면과 영혼이 하나가 되는 것. 오직 그 사람의 마음이, 그 사람의 본질이 결혼의 조건이 되어야 하는 것. 아니, 결혼이란 그저 운명적인 것. 하늘이 맺어주는 것이다.

에릭 시걸의 장편소설 『러브 스토리』에도 운명적인 결혼이 등장한다. 명문가이며 부유한 은행장을 아버지로 둔 그 남자, 가난한 이탈리아 이민자인 제빵사 아버지를 둔 그 여자가 결혼을 한다. 당연히 반대에 부딪친다. 결혼 후에도 그들의 결혼은 인정받지 못했다.

하버드에 다니는 올리버는 래드클리프 대학 도서관에 갔다가 도서관에서 아르바이트를 하던 음대생 제니퍼를 만난다. 그후, 두 사람은 재기 넘치는 사랑을 하게 되는데, 제니퍼가 졸업하면 파리로 장학금을 받고 유학 간다는 사실을 알고 올리버는 대뜸 말한다.

"그럼 우리 결혼은 어떡하고?"

제니퍼가 놀라 묻는다.

"나와 결혼하고 싶어?"

"응"이라고 대답하는 올리버. 제니퍼가 "왜?"라고 묻자, 대답을 하지 못하고 우물쭈물하는 올리버. 그러자 제니퍼가 말한다.

"그거 썩 괜찮은 이유야!"

고압적인 아버지의 권위의식에 반항하는 올리버는 결혼 승낙을 얻어내지 못하고, 두 사람만의 쓸쓸하고 가난한 결혼식을 올린다. 가난하고 고단한 생활 속에서도 밝게 살아가던 제니퍼는 어느 날 올리버가 미안하다고 하자 대답한다.

"사랑이란, 미안하다고 말하지 않는 거야."

그토록 사랑하는 젊은 부부에게 이별이 닥친다. 제니퍼가 백혈병에 걸리고 마는 것. 올리버가 의사에게 절규한다.

"아내는 이제 겨우 스물넷입니다."

제니퍼가 죽은 후, 아버지가 찾아와서 올리버에게 미안하다고 한다. 그러자 올리버는 제니퍼가 오래전에 말해준 그 말로 대답한다. 사랑은 미안하다고 말하지 않는 거라고…….

아버지의 사랑을 확인하기도 전에 마음 문을 굳게 닫아걸고 반항부터 하고 증오부터 하던 올리버에게 사랑하는 방법을 가르쳐준 제니퍼. 그래서 그녀가 떠난 후에 비로소 사랑하고 용서하는 마음을 갖게 되는 올리버.

결혼이란, 사랑이란, 그렇게 그 사람을 좀더 좋은 쪽으로 변화시키는 것이다. 그 사람 마음에 미움의 공간을 좁혀주고 사랑의 공간을 더 많이 확장시키는 것이다.

그 사람이 날 아프게 해도, 그 사람이 날 슬프게 해도, 그 사람이 많은 결점을 지녔는데도…… 그런데도 불구하고 그 사람이 좋은 것. 그 사람의 단점에도 불구하고 그 사람을 사랑하는 것. 그것이 사랑 그리고 결혼의 유일한 조건이다.

에릭 시걸, 『러브 스토리』

사랑은　　　　사막에서 물의 지도를 찾는 일이다

마른 모래바람, 뿌리를 드러내고 쓰러진 나무, 뜨거운 햇빛, 낙타
의 방울 소리……. 그런 사막을 끝없이 걸어간다. 사막 너머에 있는
푸른 들판을 꿈꾸며……. 그것이 인생이다.

　낙타처럼 고개 숙여 사막을 걷다가 짐승의 유골을 만나 가슴이
덜컥 내려앉기도 하고, 가도 가도 끝이 보이지 않아 힘이 빠져 주
저앉기도 한다. 그 무엇보다 큰 시련은 목이 타는 갈증이다. 다른
사람들을 위해 누군가 물의 지도를 그려두었다. 사막의 어디쯤 가
면 물이 있는지 그려두었다. 그 물의 지도를 찾아 나선다. 거기에
있는 오아시스를 꿈꾸며……. 그것이 사랑이다.

　물을 찾아 갈증을 달래가며, 낙타에게서 겸손을 배워 고개를
숙여가며, 그렇게 사막을 걸어가면, 그 끝에는 푸른 벌판이 놓이

게 될까?

그러나 그 끝이 가파른 절벽임을 알고도 걸어가는 사람들이 있다. 그 끝을 도무지 알 수 없는 것이 사랑이라면, 그 끝이 명확히 보이는 시작도 있다. 과일에 까만 씨앗이 박혀 있는 것처럼 불온한 사랑에는 어두운 이별이 숨어 있다.

그 이별이 너무 먹먹해서 책장을 덮고 나면 차가운 유리창에 이마를 묻고 창밖을 멀리 바라보게 되는 소설이 있다. 마이클 온다체 장편소설 『잉글리시 페이션트』.

전쟁에 나간 아버지와 연인을 찾아 전쟁터에 나가기를 자원한 한나, 그녀는 아버지의 죽음을 지켜봐야 했고 아이까지 잃어야 했다. 전쟁은 끝났지만 한나는 전쟁터의 빌라에 남는다. 살아날 가망성도 없고, 몸을 움직여 떠날 수도 없는 환자가 있었기 때문이다. 그 영국인 환자의 이름은 알마시.

한나가 사랑한 남자 카라바지오는 조국을 배신한 알마시를 찾아 원수를 갚기 위해 그 빌라에 온다. 그리고 영국인 환자 알마시의 정체가 차츰 드러난다. 알마시는 사막에서 물의 지도를 그리는 사람이다. 사막에서 전쟁을 치러야 하는 참전국에게 물의 지도는 승리의 중요한 수단이었다.

어느 날 알마시는 친구의 아내 캐서린을 사막에서 만난다. 캐서린은 비를 사랑하는 여인이었다. 사막을 사랑하는 알마시, 물을 사랑하는 캐서린. 서로에게 빠져드는 두 사람. 캐서린이 알마시에게 말한다.

"당신이 나를 사랑해준다면 그 일을 숨기지 않겠어요. 내가 당신을 사랑한다면 그 일을 숨기지 않겠어요."

사랑에 빠지고 나면, 그 사람을 소유하고 싶어진다. 평소에 자기가 가장 미워하는 것은 '소유권'이라고 말하던 알마시. 무엇인가를 끊임없이 소유하려 하는 인간들을 경멸해왔던 알마시. 그러나 이 여인만큼은 가지고 싶다.

소유의 욕망에 고열을 앓는다. 가질 수 없는 이를 소유하고 싶어하는 마음은 아프다. 알마시는 그 여인의 목 중앙, 그 움푹 들어간 곳에 자기 이름을 붙여 '알마시 해협'이라고 명명한다. 그리고 자신의 소유권을 주장한다.

"여기…… 여기만큼은 내 소유야."

알마시는 캐서린을 품고 물어본다.

"가장 행복한 때는 언제요?"

캐서린이 대답한다.

"지금."

알마시가 다시 묻는다.

"가장 불행한 때는?"

캐서린이 대답한다.

"지금."

그들에게 가장 행복한 시간은 곧 가장 불행한 시간이기도 하다. 알마시와 아내의 관계를 눈치챈 남편은 캐서린을 태우고 자가용 비행기를 이륙시킨다. 맹렬한 질투심으로 남편은 사막 위에서 일부러 비행기를 추락시켜버린다.

캐서린이 크게 다쳤다는 소식을 접한 알마시는 절규하며 달려온다. 사막 한가운데 쓰러져 있는 캐서린을 소중히 안고 동굴로 옮

기는 알마시. 그녀를 따뜻하게 해주려고 낙하산으로 감싸고 아카시아 나뭇가지를 태워 불을 피우고 동굴 구석구석까지 연기를 가득 채운다. 중상을 입은 그녀를 살리기 위해서는 약이 필요하다.

"도움을 청하러 가야 해, 캐서린. 돌아올게. 빨리 돌아올게."

알마시는 그녀를 살려줄 약을 찾아다닌다. 미치광이처럼 그녀의 이름을 외치면서……. 약을 구하기 위해서는 무슨 짓이든 할 수 있었다. 사랑하는 이를 살리기 위해서는 그의 목숨이라도 내놓을 수 있었다. 영혼이라도 팔 수 있었다. 결국 알마시는 중요한 군사정보를 독일군에게 팔아넘겨야 했다. 오직 사랑하는 여인 캐서린을 구하기 위해서.

캐서린은 캄캄한 동굴 속에서 알마시를 기다리며 죽어간다. 그가 피워놓은 불빛도 점점 꺼져간다. 시간이 타들어가고 목숨이 사위어간다. 알마시가 죽을 고비를 넘겨가며 약을 구해 동굴로 갔을 때, 캐서린은 죽은 후였다.

알마시는 그녀 앞에 무너지며 끄으끅 오열한다. 그리고 사랑하는 여인 캐서린을 안고 달빛이 있는 사막으로 걸어들어간다. 언젠가 그녀와 함께 아름다운 달을 본 적 있는 그 사막으로. 달을 보면서 사실은 그녀를 보았던 그 사막으로.

멀리서 보면 사막은 아름답다. 그러나 사막에서는 한시도 딴눈을 팔 수 없다. 너무도 변화무쌍하기 때문이다. 아름다운 것은 다 그렇다. 뺏을 수 없다. 소유할 수도 없다. 꽃을 꺾는다고 영영 가질 수 없는 것처럼. 젊음을 기진다고 영영 머물 수 없는 것처럼. 자리를 쥐었다고 영영 누릴 수 없는 것처럼.

쓸쓸한 사막을 걷는 것과 같은 인생. 그 안에 지도가 숨겨져 있다. 내 인생 물의 지도는 사랑하는 사람이다. 사막에서 길을 잃으면 사랑을 영영 잃어버린다. 그러니, 중간중간 걸어온 발자국을 돌아보기를……. 바람과 모래에 뒤섞여 어디선가 울리는 낙타의 방울 소리를 들어보기를…….

마이클 온다체, 『잉글리시 페이션트』

사랑은　　　　거부할 수 없는 미혹이다

사랑이 시작되면 다른 마음이 스며들지 못한다. 메리 올리버의 시처럼 사랑하는 마음이 강하게 방어벽을 치기 때문. 다른 것은 하나도 보이지 않는다. 아니, 아예 보려고 들지 않는다. 그래서 사랑의 신 비너스 조각에도 눈이 없는 것일까?

"당신과 함께라면 이대로 죽을 수도 있을 것 같습니다."

남자의 이 고백 하나 때문에 사랑에 인생을 건 여자의 이야기가 있다. 사르트르가 전후 독일문학의 대표 작가라고 극찬한 한스 에리히 노삭이 1955년 발표한 장편소설 『늦어도 11월에는』.

가장 좋아하는 계절을 들라면 나는 주저 없이 말한다. 11월을 좋아한다고. "이크, 가을이다……." 어느 시인이 탄식한 것처럼 나는 이마의 미열과 함께 계절의 기미를 느낀다. 그러니 제목만으로 내 마음 홀려버릴 수밖에…….

불안하고 불온한 사랑의 섬세한 심리 묘사가 내 마음을 흔들어 놓았다. 그래서 다 읽고 나면 품에 꼬옥 품어보게 되는 책 『늦어도 11월에는』. 책의 첫 페이지를 열면 시공간이 이동된다. 제2차 세계 대전 직후, 독일의 한 공업도시의 문학상 시상식장으로.

문학상을 수상한 작가 베르톨트 뫼켄은 수상 연설을 하고 있다. 그때 마리안네는 발장난을 하며 그 연설을 무심코 듣고 있다. 남편이 사회사업의 일환으로 주관하는 문학상 시상식이다. 문학상 같은 데는 아무 관심이 없다. 다만, 사업이 바쁜 남편 대신에 억지로 나와 앉아 있을 뿐.

시상식을 마치고 축하파티가 이어지지만 마리안네는 파티가 지루하다. 그저 빨리 시간이 흘러 하품을 멈추고 싶을 뿐. 그럴 즈음 그날의 수상 작가인 베르톨트가 다가온다. 그것이 그들의 첫 만남! 그런데 그가 그녀에게 말한다. 당신과 함께라면 이대로 죽을 수도 있을 것 같다고…….

번개 맞은 사람처럼 마리안네는 굳어버린다. 사랑한다는 말을 언제 들어봤는지 기억조차 나지 않는 그녀에게 그토록 뜨거운 고백이라니……. 마음에 화롯불이 활활 탄다. 심장이 빠른 펌프질을 시작한다. 단 한마디 그 고백이 그녀 인생을 뒤흔든다. 소설의 말미에 그녀는 이렇게 고백한다.

한마디 때문이었어요. 단 한마디였어요. 그 사람이 저를 보고는, 이 얘기는 아직 아무도 몰라요, 누구한테도 말해본 적이 없거든요. 그 사람이 저한테 말하기를, 저와 함께라면 이대로 죽을 수도 있을 것 같다고 했어요. 그게 다였어요.

비현실적이라고? 그러나 현실적이고 계산적이기만 하다면 그게 사랑일까? 사랑은 교통사고처럼 때아니게 일어나는 것이다.

남자는 그를 인정해주는 사람에게 목숨을 걸지만 여자는 그녀를 사랑해주는 사람에게 기꺼이 인생을 건다. 여자는 그런 존재다. 남자가 여자에게 목숨을 걸겠다고 고백한 순간, 여자의 인생을 남자에게 걸어버릴 수 있는…….

반짝거리는 부와 드높은 명예와 호화로운 집 따위가 다 무슨 소용이랴. 여자는 다만, 사랑을 원했다. 왜냐하면 그녀에게 가장 절박한 것이 사랑이었으니까. 사막처럼 퍼석거리는 삶이 지리멸렬해서 죽을 것만 같았으니까. 그러니 어쩌면 그의 고백이, 지리멸렬한 흙탕물 속에서 허우적거리는 그녀 인생에 손을 내민 것이다.

그러니 그 손을 잡을 수밖에.

타들어갈 줄 알면서도 불길에 뛰어드는 불나비처럼, 마리안네는 부도 명예도 안락한 집도 다 버리고, 오직 목숨을 걸고 사랑한다는 남자의 마음 하나를 부여잡고 떠난다. 누구나 부러워하던 거부의 아내에서 평범한 여인이 된 마리안네. 아무도 그녀를 알아보지 못하는 낯선 도시에서 처음 만난 남자와 살아가는 그녀. 그렇다면 그녀는 행복했을까?

그녀와 함께 떠난 남자 베르톨트는 일에 빠져든다. 마리안네는 그가 방해받지 않고 작품을 쓰도록 도와준다. 그들의 모든 행복한 계획들은, 베르톨트가 희곡을 완성하는 11월 이후로 미뤄둔다.

"당신은 로얄석에 앉아 있을 거야. 모두들 당신을 쳐다보겠지. 연극이 끝나고 나면 무대 위로 올라가 함께 인사도 할 거야. 그때 입을 당신 새 옷을 마련할 거야."

마리안네는 지쳐간다. 그녀의 존재가 작가인 그에게 무거운 짐이 되고 있다는 자각이 하루하루 마음을 짓누른다. 그럴 즈음 그녀의 시아버지가 그녀를 찾아온다. 결국 시아버지를 따라 집으로 돌아가게 된다.

그러나 그것으로 그들의 사랑이 끝난 것은 아니다. 집으로 간

후에도 그녀는 오직 기다린다. 11월을……. 그를 만날 11월의 그날을…….

드디어 11월이 다가온다. 베르톨트의 연극이 무대에 올려진다. 우박이 내리는 11월의 밤, 그가 그녀를 찾아온다. 두 사람은 그토록 원했던 중고 폭스바겐을 타고 빗길을 달려간다. 그리고 '죽음은 영원하다'는 글씨가 쓰인 오래된 철도 건널목에 다다른다. 언젠가 마리안네가 불러주던 자장가를 휘파람으로 부는 베르톨트……. 자동차는 교각을 들이받는다.

마리안네는 이렇게 독백한다.

나는 베르톨트의 손을 꼭 잡았다. 그는 내 무릎을 꼭 잡고 있었다. 다시는 헤어지고 싶지 않았다. 그리고 우린 어딘가로 날아갔다.

부와 안락한 생활을 누리던 어느 날, 마치 무엇인가에 홀린 듯이 사랑을 좇았던 마리안네……. 외진 국경마을의 낡은 집에 앉아 지도를 펴놓고, 도망가서 살 지명을 중얼거리던 그녀가 그토록 희망했던 말.

"늦어도 11월에는……."

우리의 사랑은 그렇게 가을을 기다리는 일이 아닐까. 꽃이 질 줄 알면서도 피어나듯 사랑도 언젠가는 낙화할 줄 알면서, 그 쓸쓸하고도 화사한 적멸의 날을 꿈꾸는 것은 아닐까. 낙엽 지는 계질은 분명 쓸쓸하다. 그러나 아름답다. 사랑하면 알게 된다. 슬픔과 아름다움이 동의어라는 것을……

가을은 고독주의보가 내려지는 계절이다. 홀로 있음이 비상사태가 되는 계절이다. 혼자이기 싫어서 더 외로운 계절이다. 그러니 이별하지 말기를……. 곁에 있어주기를……. 혼자이지 말기를…….

한스 에리히 노삭, 『늦어도 11월에는』, 문학동네, 김창활 역

사랑은
인생의 베일을 걷은 후에야 비로소 보인다

안개가 뿌연 길을 운전하다보면 한 치 앞이 보이지 않는다. 안개의 알코올기가 정신을 몽롱하게 한다. 우리 삶에도 안개주의보 발령을 내려야 하는 지점들이 있다. 눈앞에 베일이 드리우고 있어서 한 치 앞도 안 보인다. 알코올기와 중독성을 수반한 몽롱한 그 베일은 교통사고보다 위험하다. 내 인생 자체를 뒤흔드니까. 나를 사랑하는 사람조차 부서지게 하니까.

그러나 우리는 불완전한 인간들이기에 몽매하다. 베일을 걷어내지 않은 채로 걸어가면서 비틀거린다. 베일을 쓰고 바라본 그 세상을 진짜라고 믿는다.

취한 채로 운전하는 것처럼 치명적인 파멸의 위험이 가득한 인생, 그리고 사랑에 클랙슨을 울려주는 소설이 있다. 『인생의 베일』. 셸리의 시 「오색의 베일, 살아 있는 자들은 그것을 인생이라고 부른다」에서 제목을 딴 서머싯 몸의 소설이다.

단테의 『신곡』 연옥편을 보면, 피아는 그녀가 죽기를 바라는 남편에 의해 말라리아가 창궐하는 언덕이 성에 갇힌 채 서서히 죽어간다. 그 이야기에서 영감을 얻어 1925년 발표한 『인생의 베일』. 이 책장을 덮고 나면, 켜켜이 쓰고 있는 베일 중에서 하나는 걷어내볼 수 있지 않을까? 그래서 좀더 맑은 시선으로 내 사랑을 바라볼 수 있지 않을까?

소설의 주인공 키티는 아름답다. 그러나 어리석음으로 가득한 여자다. 그녀는 사랑하는 남자와 결혼하지 않았다. 그저 조건 맞춰서, 결혼할 시기가 되니까, 자기보다 못난 동생보다 늦게 하면 안 된다는 불안감에 결혼했다. 아니, 덜컥 결혼해버렸다.

남편인 월터는 사회적 지위와 인격적인 기준으로 보자면 1등 신랑감. 저명한 세균학자에 성실하고 지적이고 점잖다. 고매한 인품까지 갖췄다. 월터는 키티를 진심으로 사랑했고 아내를 위해 뭐든 해주고 싶어했다. 키티도 그가 좋은 남자라는 건 알았다. 그러나 매력을 느끼지 못했다.

소설의 첫 장을 열자마자 "그럼 누구지?" 하는 불안한 전조에서 시작된다. 영국인 세균학자 월터의 아내 키티는, 홍콩 총독

부 차관보인 유부남 찰스와 부적절한 관계를 맺고 있었다. 그들이 있는 방문을 누군가 열려고 한다. 그러다가 그냥 돌아가는 남자……. 바로 키티의 남편 월터였다.

사랑에 배신당한 상처로 남편은 아내에게 제안한다. 콜레라가 창궐하는 중국의 오지 마을에 함께 가자고. 키티는 단호하게 거절한다. 그리고 말해버린다. 다른 남자를 사랑한다고. 내가 당신과 결혼한 건 실수였다고. 당신을 사랑한 적 없다고.

아내의 날카로운 고백이 비수가 되어 가슴을 공격한다. 남편의 고백이 이어진다. 당신이 나를 사랑해주길 기대하지 않았고, 그저 당신을 사랑할 수 있는 것에 감사했다고.

찰스의 사랑에 자신 있었던 키티는 그를 찾아가 모든 것을 말한다. 그러나 찰스는, 누구에게나 추파를 던지는 바람기 다분한 남자였을 뿐. 문제가 생기면 꽁무니 빼고 달아나 아내의 뒤에 숨어버리는 남자였을 뿐. 그 남자는 오히려 남편 월터에게 가서 잘못을 빌고 자비를 구하면 용서해줄 거라고 한다.

참담한 키티는 어쩔 수 없이 남편과 함께 떠난다. 콜레라로 사람들이 죽어가는 오지로…….

길고 지루한 여행 끝에 세상 속의 감옥처럼 외딴곳에 도착한 키티는, 그곳에서 수많은 죽음을 본다. 그리고 장엄한 자연을 대하며 순수한 영혼이 되어 눈물 흘린다. 울고 있는 그녀에게 누군

가 묻는다. 무슨 일이 있느냐고. 그녀가 대답한다. 어리석음 때문
이라고.

키티는 수녀원을 찾아가 고아들을 돌보면서 그동안 얼마나 바
보같이 살았는지 깨닫는다. 남편 월터가 얼마나 훌륭한 사람인지
도 알아간다. 그러나 월터는 키티를 용서하지 못한 채 오직 현미경
속 콜레라균에만 매달린다.

"나를 경멸하나요, 월터?"라는 키티의 물음에 "아니. 나 자신을
경멸해. 당신을 사랑했으니까"라고 대답하는 월터. 스스로를 '냄비
속에 갇힌 물고기 꼴'이라고 조롱하는 월터. 그는 결국 상처 입은
가슴을 어쩌지 못한 채 콜레라에 감염되어 죽어간다. 그의 죽음
을 앞두고 키티는 용서를 구한다. 그제야 사랑한다고 고백한다.

왜 우리는 뒤늦게야 아는 것일까? 그 사람이 진짜 사랑이었음
을……. 머리와 가슴이 서로 분단국가처럼 따로 놀아 사랑보다 매
혹에 빠져버린다. 황홀한 늪에 빠져들어 허우적대다 뒤늦게 깨닫
고 자기혐오에 빠진다. 그렇게 형형색색 오색의 베일을 둘러쓴 채
살아가는 것이 우리 인생이다.

인생의 안개 속에서 발을 헛디뎌 나락에 빠져본 적 있는 키티,
그녀가 전해준다. 당신이 쓴 베일을 걷어낸 후에 조금은 맑아진 시

선으로 사랑을 보라고.

정말 성숙한 사랑은, 빠져드는 것이 아니다. 받는 것이 아니다. 그가 강할 때에도 약할 때에도, 그가 아름다울 때에도 추할 때에도, 그가 잘나갈 때에도 주춤거릴 때에도, 그저 한결같은 마음으로 사랑하는 것이다.

신이 아닌 사람인지라 우리는 진짜 사랑을 몰라볼 때가 있다. 성인군자가 아닌지라 발을 헛디뎌 나락에 빠지기도 한다. 남의 가슴을 아프게도 하고, 그의 슬픔에 내 가슴 베이기도 한다. 그러나 오색의 베일을 걷어내고 좀더 맑은 시선으로 그 길을 걸을 수만 있다면, 좀더 깊어진 마음으로 사랑할 수 있다면, 그렇다면…… 괜찮다. 한때의 어리석음도, 그때 겪어야 했던 불행도, 그리 헛되지만은 않다.

서머싯 몸, 『인생의 베일』, 민음사, 황소연 역

사랑은
이별 후에도 현재진행중인 영혼의 율동이다

10년 넘게 병석에 누워 있던 남편을 떠나보낸 친구가 있다. 남편의 병 때문에 전 재산을 날리고, 안락한 집 대신 병실 한구석에서 지낼 동안에도 친구는 행복하다고 했다. 남편이 살아 있다는 사실만으로 감사가 넘친다고 했다.

남편이 저세상으로 가고 난 후 친구는 잔인한 배신이라고 했다. 목숨은 신의 영역이라고 위로했지만 그 누구의 위로도 조언도 들리지 않는 듯했다. 친구를 위로하기 위해 동창 몇몇이 여행을 계획했다. 그런데 여행을 떠나기로 한 날 아침에 비보가 날아들었다. 우리는 공항 대신 친구의 병실을 찾아야 했다.

죽음을 통해서라도 남편을 다시 만나고 싶었던 친구는 그 뜻을 이루지 못한 채, 그리고 아직도 남편을 용서하지 못한 채, 기다리며 살아간다. 저세상으로 가서 남편을 다시 만나는 그날을…….

보내주는 것도 사랑이라는 말도 그녀에게는 헛된 말. 문득, 남편을 간호할 때 힘들지 않느냐는 물음에 친구가 대답했던 말이 떠오른다. "그 사람이 이 세상에 있는데 뭐가 힘들어? 내가 힘든 건 단 하나야. 그 사람이 내 곁에 없는 것. 그거말고 다른 건 하나도 안 두렵고 전혀 힘들지 않아."

어떻게 한 사람을 저토록 사랑할 수 있지? 부럽다기보다 경이로웠다. 마이어 푀르스터의 『황태자의 첫사랑』을 읽으면서도, 사랑하지만 헤어져야 하는 연인의 아픔이 절절히 느껴졌다.

1899년 발표된 마이어 푀르스터의 『황태자의 첫사랑』은 원래 제목이 '칼 하인리히'였다. 이 소설은 1901년, 희곡으로 만들어져 공연되면서 더 유명해졌는데, 마이어 푀르스터는 이 작품으로 일약 유명작가가 됐지만 1904년, 불행하게도 실명하고 말았다.

부모님 없이 조부 슬하에서 자란 황태자 칼 하인리히. 그는 대학도시 하이델베르크로 유학을 가는데, 기차가 하이델베르크에 도착하자, 황태자를 보필하는 박사는 이렇게 외친다.

"1년간 정차!"

다른 젊은이와 똑같은 학창시절을 주기 위해 박사는 황태자의 숙소를 호텔이 아닌 여관으로 정한다. 그 여관의 하녀인 케티는 황태자를 위해 꽃다발을 건네주고, 크고 파란 눈으로 두려운 빛도 없이 황태자를 쳐다보며 말한다.

"하이델베르크의 학창 시절에 행복한 추억이 있으시기를……."

황태자는 맑은 영혼의 그녀를 사랑하게 된다. 그리고 젊은 낭만으로 가득한 감미로운 대학생활을 한다. 그런데 대공(大公)의 병환 소식을 들은 황태자는 급히 궁정으로 돌아가게 된다. 곧 돌아오겠노라는 약속을 케티에게 남기고…….

병에 걸려 누워 있는 대공은 황태자에게 이렇게 말한다.

"군주는 외롭게 살지 않으면 안 된다. 그것이 군주의 책임이야."

공녀와의 결혼, 그것이 황태자에게 주어진 국가의 요청이었다. 그는 "케티, 케티"라고 부르며 가슴속에 그녀를 간직할 뿐. 아무런 사랑의 권한이 없었다.

대공이 세상을 떠나고 하인리히가 성주가 된 후 2년의 세월이 바삐 흘러간다. 잠시 휴가를 얻어 하이델베르크로 추억여행을 떠나는 하인리히. 아직 주점에서 일하고 있는 케티는 그를 보자 눈물을 흘리며 말한다.

"이제 겨우 돌아오셨군요."

그러나 재회의 기쁨도 잠시. 황태자는 케티에게 작별을 고한다. 이제 두 번 다시 만날 수는 없겠지만, 평생 잊지 못할 거라고……. 진실로 사랑했지만 결국은 이별해야 했던 사랑. 그 애틋한 사랑은 가슴에서 영원하다. 하늘에서는 빠르게 스러질지언정 마음에는 오래 남는 무지개처럼.

푸른 청춘의 한때 뜨겁게 사랑했던 그들, 그러나 현실의 장벽 때문에 헤어진 그들은, 그후에 어떻게 되었을까? 한 사람은 발코니에서 한숨 쉬며 허공을 볼 것이고, 한 사람은 바람 속을 걸으며 추억할 것이다. 한 사람은 애틋한 그리움을 품어 곁에 없어도 있는 것처럼 살아갈 것이고, 어떤 사람은 그를 잊으려고 몸부림치다가 차라리 미워하는 힘으로 살아갈 것이다.

여자가 몸에 지녀야 할 것은 다이아몬드보다 적당한 그리움이라고 했던가. 그녀 얼굴에는 항상 감기처럼 그리움의 열기가 남아 홍조를 띤 채 살아갈 듯하다. 그래서 더 아름다워질 듯하다.

그렇게 그리움은 일상의 소금이 될 수도 있어서 현실을 버티는 힘이 되기도 한다. 그러나 또 어떤 그리움은 일상의 독이 되어 심장 도려내는 아픔을 선물하기도 한다. 가슴에 품고 사는 사랑은 그렇게, 아름답기도 하고 잔인하기도 하다.

내 친구는 잊지 못하는 사람을 그지 증오하는 힘으로 살아간다. 잊을 수 없으니 증오라도 하지 않으면 살아낼 수 없다고 했다. 사랑이 무엇이길래 한번 들어오면 나가지 않고 영혼을 휘젓고 다니는 것일까.

사랑은 이별 후에도 사라지지 않는다. 언제나 기억의 현재진행형 속에서 영혼이 율동한다.

빌헬름 마이어 푀르스터, 『황태자의 첫사랑』

사랑은 낮에 뜨는 달이다

여인은 낮 하늘에 걸린 달을 보며 서 있다. 바람이 두둥실 이 여인을 공중에 띄워둔 것일까? 아니면 낮달을 향해 발돋움한 것일까? 여인의 몸이 공중에 떠 있는 듯 보인다. 그토록 발돋움하며, 머리를 바람에 내맡기며, 그 여인이 기다리는 사람은 누구일까?

그리움을 거둬버리면 바람 부는 언덕에 나와 있을 일도 없겠지. 바람에 머릿결을 나부끼며 발돋움하며 종종거릴 일도 없겠지. 그러나 그리움은 거둘 수 없는 운명이 되어버린 거겠지.

그녀가 바라보는 곳에 구름이 흘러간다. 그 옆에, 태양이 장악한 한낮이 되어도 미처 제자리로 돌아가지 못한 낮달이 서성거린다.

이수동 화가의 〈낮달〉이라는 그림을 보며 생각한다. 사랑은 낮에 뜨는 달이라고. 그에게로 향했던 내 마음이 돌아오는 길을 찾지 못해 아직도 하늘가에서 아스라이 깜박거리는 낮달이라고. 그 낮달을 보는 여인의 몸이 허공에서 파르르 흔들린다. 흔들리지 않고 사랑하는 일, 얼마나 어려운 일인가.

대한민국에서 연애소설을 가장 잘 쓰는 작가로 알려진 전경린 작가의 『내 생에 꼭 하루뿐일 특별한 날』. 이 소설은 평화롭던 여자 미흔의 일상에 한 여자가 뛰어들면서 시작된다.

미흔에게는 꿈이 있었다. 스물한 살에 만난 남자가 그의 전 생애 동안 오직 그녀만을 사랑하고 그녀도 단 한 남자만을 사랑하며 평생 함께 사는 것. 그것이 그녀의 유일한 꿈이었고 이념이었다.

그러나 남편에게는 여자가 있었다. 그 여자가 미흔의 집으로 찾아왔다. 그날 이후 미흔의 인생, 그 지축이 크게 흔들린다. 미흔이 남편에게 말한다.

"넌 단지 부정을 저지른 게 아니라 내 생을 빼앗아버렸어. 안 돼……. 난 이제 절대로 예전처럼 될 수 없어. 아무리 시간이 흘러가도 너를 다시 사랑할 수 없어."

남편은 서울의 일을 정리하고 시골 어느 마을로 떠나 살자고 한다. 미흔은 아무 반응이 없다. 단출한 시골생활이 시작된다. 아이를 데리고 가는 길에 차가 멈춰 서고 어떤 남자의 차가 다가온다. 그녀가 도움을 청하고 그 남자 차에 탄다. 그 남자의 차에 음악이 흐른다. 에릭 사티의 〈Je Te Veux(나는 당신을 원합니다)〉. 그녀와 그의 인연이 시작된다. 어떤 사람이 다시는 모르는 사람이 아니게 되는 일. 그 영혼을 보아버리는 일.

남자가 여자에게 게임을 제안한다. 구름 모자 벗기 게임. 게임의 유효기간은 4개월. 그동안 서로를 허용하기. 사람 사이 긴장이 지속되는 기간이 대략 그 정도니까. 게임엔 긴장이 필수 요건이니까. 게임 기간 내에 둘 중 누군가가 상대방에게 사랑한다고 말하면 게임은 끝나는 걸로. 게임이 아웃되면 다시는 만날 수 없는 걸로…….

여자가 묻는다.

"만나고 싶으면 어쩌죠?"

남자가 대답한다.

"남은 감정은 영원 속에 익사시켜야죠. 게임의 규칙이에요."

그녀와 그는 서로에게 휩싸인다. 그들의 비극은, 사랑하지 않기

로 해놓고 사랑해버린 마음에 있었다. 그들은 급속하게 서로에게 예속되어버린다.

어느 날, 사랑을 나눈 후 남자가 말한다.

"이 순간보다 더 나은 순간이 있을까……. 당신 때문에 내 인생에 혼란이 와. 지금의 내 삶은 너무 창백하고 이기적이고 무가치하고 열등하고 게으르고 먼지 같아. 어리석은 덫인 줄 알면서도 한 여자를 사랑하고 그 여자의 몸에서 내 아이를 낳고 날만 새면 튀어나가 돈을 벌고 한밤에 가족이 잠든 곁으로 돌아가 웅크리고 잠드는 이타적인 삶이 갑자기 전율이 일 지경으로 위대하게 느껴지는 거야."

작은 마을에 소문이 돈다는 것을 알고 난 후, 남자가 묻는다.

"내일이 종말의 날이라면, 종말을 하루 앞둔 날이라면 어떻게 보내겠소?"

여자는 생각한다. 마지막날엔 오히려 가장 일반적인 일들을 할 것 같다고……. 가장 평범하고 평화롭고 일상적인 일들을……. 어쩌면 시장을 봐 해초 냉채와 고등어조림을 만들어 남편과 마지막

저녁을 먹을지도 모르겠다고……. 그리고 함께 비틀스를 들을지도 모르겠다고……. 서로 안을 수 없어 고통을 느끼며 금간 도자기처럼 깨어지는 얼굴로…….

그러나 남자는 말한다. 당신과 하루종일 처음부터 끝까지 있을 거라고……. 옷을 입은 채 바닷물에 빠뜨린 다음 마지막날이 완전히 저물고 모든 게 박살날 때까지 끌어안고 놓지 않을 거라고…….

다른 사랑은 결말을 몰라도 불륜의 결말은 하나다. 어느 쪽이든 파멸, 또는 양쪽 다 파멸. 그녀와 그가 탄 차가 사고가 난다. 게임은 그렇게 끝이 난다.

그가 그녀의 머리를 두 손으로 받쳐들고 물끄러미 내려다본다. 그녀 눈에서 눈물이 흐른다. 그가 말한다. "사랑해……." 충분해. 이것으로 충분해……. 그녀가 희미하게 웃는다.

일생에 꼭 하루뿐일 특별한 날, 어떤 시간일까? 사랑하는 사람에게 달려가는 시간, 현실이 아닌 허공에 발 디디며 둥둥 떠서 흘러가는 시간일까? 아니면 뿌리를 내린 곳에서 일상의 소소한 기쁨을 누리는 시간일까?

〈낮달〉의 그림 속 여인은 그 답을 알까? 여인은 뒷모습을 보이고 있다. 낮달을 향해 휘영청 휘영청 떠오르는 것 같다. 낮달을 향해 허우적허우적 급히 가는 것 같기도 하다. 보고 싶은 마음이 이스트처럼 부풀어올라 여인이 풍선처럼 허공에 붕 떠 있다. 급히 가다가 발을 헛디딜 것만 같다.

낮달이 스러지기 전에 빨리 가서 닿고 싶은 마음……. 그 사람이 사라지기 전에 빨리 가서 만나고 싶은 마음……. 구름 속에 가릴 듯 말 듯, 보일 듯 말 듯, 아스라한 낮달처럼 알 것도 같고 모를 것도 같은 그의 마음……. 밀어내도 밀어내도 더 가까이 다가오는 사랑, 목에 가시가 걸린 것처럼 목이 메는 사랑……. 갈 곳을 잃고 날마다 구름 사이를 표류하는 슬픈 낮달과 같은 사랑……. 그런 사랑도 사랑은 사랑이다. 멀리 있어도, 가까이 가지 못해도, 그에게 가서 서로 닿지 못해도…… 그래도 사랑은 사랑이다.

전경린, 『내 생에 꼭 하루뿐일 특별한 날』, 문학동네

사랑은
하얀 밤의 강에 그리움의 뗏목을 띄우는 일이다

사랑하는 사람과 함께 있으면 시간도 소리내서 웃는다. 그러나 사랑하는 사람과 함께 있지 않으면 시간도 통곡 소리를 낸다.

사람과 사람이 같이 있고 싶은 마음, 그것이 사랑의 본질이다. 서로 바라보며 나란히 앉고 싶고, 밤이 오면 현관에 신발을 나란히 벗어두고 싶고, 같이 등불을 켜고 같이 소등하고 싶은 것. 그리고 아침 해가 떠오르는 것을 같이 바라보고, 나란히 함께 앉아서 석양을 보고, 어깨에 기대앉아 별과 달을 보고 싶은 것. 그것이 사랑하는 마음이다. 그러므로 가장 슬픈 사랑은, 일상을 같이 할 수 없는 사랑이다.

"내가 가장 아름다웠던 시절엔 사랑하던 사람이 곁에 없었죠."

영화 〈동사서독〉에 나오는 대사다. 현실 속에서 다시는 만날 수

없는 두 사람이 서로 다른 곳에서 한 장소를 그리워한다. 그곳은 바로 두 사람이 함께 있던 곳, 겨울에도 복사꽃이 만발했던 곳이다.

그렇게 서로 사랑하지만 평생 그리움만을 안고 사는 사람들이 있다. 평생을 함께하지 못하고 같은 주소를 가져보지 못하는 사람들, 그들은 슬픈 사랑을 하는 사람들이다. 너무 슬픈 사랑은 사랑이 아니라는 노래도 있지만 슬퍼서 더 아름다운 사랑도 있다.

친구가 우연히 첫사랑의 소식을 듣게 되었다. 어디선가 잘 살고 있겠지 했는데, 교통사고로 몇 년 전에 세상을 떠났다고 했다. 젖은 시선으로 그녀는 말했다. 그 사람이 살아 있다고 다시 만날 것도 아니지만 같은 하늘 아래 살고 있다고 생각하면 참 기분이 좋았다고. 지금은 못 만나도 언젠가 늙어서라도 얼굴 한번 볼 수 있겠구나, 무의식 속에 기대하고 있었다고. 그것이 삶의 위안이며 희망이었다고. 마음의 한 공간, 그 의자에 앉았던 이가 떠나버리고 이제 빈 의자 하나를 품고 살아야 하는 친구. 그녀의 손을 잡아주었다. 그리고 이 소설을 떠올렸다.

'단숨에 독자의 심장에까지 도달하는 작가'라는 평을 받은 로버트 제임스 월러의 소설 『매디슨 카운티의 다리』. 영화로도 만들어진 이 작품은 실화에 바탕을 둔 소설이다. 그 시작은 이렇다.

1965년 미국의 어느 작은 마을, 교사 출신인 프란체스카는 농부의 아내로, 두 아이의 엄마로 무료하고 권태로운 전업주부의 일상을 살아간다. 그런 어느 날, 남편과 두 아이가 박람회에 참가하기 위해 나흘간의 여행을 떠나고 프란체스카는 홀로 집에 남겨진다.

그때 내셔널 지오그래픽 사진기자 로버트가 매디슨 카운티 다리를 촬영하기 위해 마을을 찾아온다. 프란체스카와 로버트는 우연히 만났고, 짧은 기간이지만 애틋한 사랑을 나눈다. 가족들이 돌아올 시간이 다가오고…… 두 사람은 어쩔 수 없는 이별을 맞아야 했다.

그들은 평생 동안 단 한 번도 잊은 적 없이 살았다. 그렇게 가슴속에 꼭꼭 묻어두었던 사랑……. 프란체스카는 죽음을 눈앞에 두고서야 자녀들에게 말한다. 그와의 추억이 있는 매디슨 카운티 다리 주변에 자신의 잔해를 뿌려달라고……

평생 그녀를 그리워하다가 먼저 죽어간 로버트. 그가 죽기 전에 프란체스카에게 보낸 편지에는 이렇게 쓰여 있었다.

자비심도 없이 시간이, 당신과 함께 보낼 수 없는 시간의 통곡 소리가, 내 머릿속 깊은 곳으로 흘러들고 있소.

그대 생각이 나를 잠재워주지 않는다고, 언제나 나를 밝게 깨워놓고 숨막히게 하고 군림하기 때문에 도무지 대책이 안 선다고,

그래서 지금 나는 하얀 새벽 강에 뗏목을 띄운다고, 김용택 시인은 잠 못 이루는 마음을 시로 썼다. 사랑은 그렇게, 하얀 밤의 강에 그리움의 뗏목을 띄우는 일이다.

"그냥…… 그 여자가 가는 길을 나도 걷고 싶고, 그 여자가 보는 바다를 나도 보고 싶었어요." 영화 〈박하사탕〉에서 영호가 군산에 갔을 때 첫사랑이 그곳에 살고 있다는 소식을 듣고 한 말이다. 그 사람이 같은 하늘 아래 살고 있다는 사실만으로도 행복하다. 비가 오면 그 사람도 이 비를 맞고 있겠구나 싶다. 라디오에서 함께 듣던 음악이 들리면 그 사람도 듣고 있을까 궁금하다.

사람은 데려가지만 마음의 정은 남아 있다. 계절이 이동하듯 내 마음도 어디론가 옮겨지기를 바라지만 사랑은 마음 깊숙한 곳에 그대로 붙박여 있다. 그렇게 마음은 아직 변하지 않았지만 하늘이 갈라놓는 사랑, 세상에서 가장 아픈 이별이 아닐까?

그러나 사랑을 하는 시간, 그것이 내 인생의 가장 행복하고 아름다운 '화양연화'의 시간들임을 부정할 사람은 아무도 없을 것이다. 이별이 아픈 줄 알지만 사랑을 하는 이유는, 언젠가는 질 줄 알면서도 꽃을 피워내는 그 이유와 다르지 않다.

로버트 제임스 월러, 『매디슨 카운티의 다리』, 시공사, 공경희 역

사랑은 낮은 자리, 맑은 시선에 찾아온다

자연은 모두 연애 선수들이다. 바람은 자꾸 그리운 이를 찾아 살랑살랑 끼를 부린다. 구름도 이리저리 매혹의 대상을 찾아 기웃거린다. 안개는 대놓고 짙은 중독성의 향을 피워 작업을 건다. 꽃씨는 바람 속을 날아다니며 뿌리내릴 곳을 찾는다.

꽃을 피울 공간을 찾아 이리저리 헤매는 일이 우리에게 예외일 수는 없다. 시린 옆구리를 채워줄 사람, 따뜻한 온기를 내어줄 사람, 내 머릿결을 만져줄 사람, 캄캄한 절벽 위를 달리는 인생에 구원의 동아줄을 던져줄 사람을 찾아 기웃거린다.

그런데 아사다 지로는 그의 장편소설 『안녕 내 소중한 사람』에서 이렇게 말한다. 이 세상에 100가지 사랑이 있다고 했을 때, 그

중에 99가지는 가짜라고. 그것들은 모두 자신을 위한 사랑이라고.

진짜 짝을 찾는 눈을 가리고 진짜 짝을 향해 달려가는 발을 붙드는 것이 있다. 신정한 사랑을 바로 보지 못하게 하는 것들은 무엇일까? 『안녕 내 소중한 사람』은 '쓰바키야마 과장의 7일간'이라는 원제로 재출간되었다. 순백의 꽃이 피어 있는 가로수길을 걸어가며 쓰바키야마는 끊임없이 생각을 거듭한다. '여기는 대체 어디일까? 나는 지금 어디로 가고 있는 것일까?'

그곳은, 사람이 죽은 후 영혼이 7일간 머무는 곳이었다.

백화점 여성복 제1과 과장인 쓰바키야마는 아내와 일곱 살짜리 아들을 둔 중년의 샐러리맨이었다. 매출 목표를 달성하기 위해 눈코 뜰 새 없이 바쁜 나날을 보내던 어느 날, 갑자기 쓰러진다. 그는 그렇게, 뇌출혈로 쓰러져 그대로 생을 마감하고 만다.

그리고 못 다 한 일들을 해결하기 위해 사흘 동안 현세로 돌아가는 것을 허락받게 되는데, 살아 있을 때와는 전혀 다른 모습으로 현세에 돌아와보니 그의 인생은 그가 생각했던 것과 완전히 달랐다.

쓰바키야마를 진심으로 사랑했던 그 여자. 하지만 사랑한다는 말도 못해보고 멀리서 지켜보는 사랑만 해왔던 여자는, 앞에 낯선 모습으로 앉아 있는 쓰바키야마가 누구인지 모르고 이렇게 말한다. 사랑하는 사람에게 모든 것을 바칠 수 있는 진짜 사랑을 했노라고. 그 사랑을 위해서라면, 돈도, 자존심도, 목숨도, 내가 그를 사랑했던 마음조차 필요 없다고……

살아 있는 동안에 내 인생을 제대로 바라보며 살아가는 사람이 몇이나 될까?

'편견'이라는 말은 외눈박이에서 온 말이다. 우리는 그렇게 외눈박이 물고기처럼 한쪽 눈을 가리고 우리의 삶과 다른 사람을 바라보고 있는지도 모른다. 그래서 진정한 사랑을 알아보지 못하고, 진짜 내 사람을 아프게 하고, 진정으로 이뤄야 할 일들은 멀리한 채 내 것이 아닌 타인의 삶을 살아가는지도 모른다.

우리는 살아가는 동안 어떤 편견으로 사람을 대하고 있을까? 알게 모르게 편견의 껍질에 둘러싸인 채 소중한 인연을 멀리하고 있는 건 아닐까?

사랑은 이런 사람에게만 온다. 말보다 마음을 들을 줄 아는 사람. 모습보다 마음을 볼 줄 아는 사람. 조건보다 마음을 품을 줄 아는 사람. 편견의 껍질을 벗어버릴 때 진짜 사랑은 다가온다. 마음에 드리운 오만을 걷어버려야 사랑의 마법은 작동을 시작한다.

잔인한 사랑의 갑을 관계는 노 땡큐. 서로에게 상처 내는 고슴도치 사랑도 이제 그만. 무거운 어깨를 감싸주고, 시린 어깨를 채워주고, 날리는 머릿결을 만져주는 영혼의 교류자, 소울메이트. 그의 존재가 힘의 원천이 되는 사랑, 기쁨의 근원이 되는 사랑, 행복의 비법이 되어주는 사랑. 그런 사랑 어디 없을까?

그 비결은 오직 한 가지. 시선을 흐리는 편견을 치워야 한다. 마음이 낮아진 후에야, 시선이 맑아진 후에야 진정한 사랑이 찾아온다니…….

아, 사랑 참 어렵다.

아사다 지로, 『안녕 내 소중한 사람』, 창해, 이선희 역

사랑은 하루하루를 운수대통한 날로 만든다

가난이 사랑에 미치는 영향. 어떤 것일까? 단언컨대 사랑의 돈이 조건이 될 수는 없다. 그러나 가난은 사랑 속에 파고들어 사랑하는 사람들을 아프게 한다.

가난을 겪어보지 않은 사람은 모른다. 가난이란 그 어떤 돌파구도 없는 감옥이라는 것을……. 누구에게 구원해달라 손을 내밀 수도 없다. 곁에 있던 사람들이 다 멀어지고, 외롭고 고달파진다. 끝없이 이어진 모래사장을 걷는 것처럼 막막하고 서걱이는 가난. 그 사막을 함께 헤어나온 연인은 끝까지 그 사랑 지켜나간다. 그러나 모래사막에 갇혀 길을 잃은 연인도 많다. 맹렬한 가난의 공격에 맥없이 쓰러진 연인도 많다.

해리 벨라폰테와 미리암 마케바가 함께 부른 노래 중에 〈말라이카〉라는 노래가 있다. 스와힐리어로 '나의 천사'라는 뜻인데, 연인을 가리키는 말이다. 아프리카에서는 예전에 청혼하는 남자가 신부의 집에 소나 염소 같은 재물을 줘야 했다. 재물이 부족하면 결혼을 할 수가 없었기 때문에 가난한 사람은 사랑하는 여인과 눈물의 이별을 할 수밖에 없었다.

사랑하는 사람과 결혼하기를 갈망하지만 가진 게 없어 청혼조차 하지 못하고 슬퍼하는 마음, 먼 시절 먼 나라 이야기만일까? 사실 아직도 돈이 사랑을 가로막는 요소가 된다. 이쪽이 아깝네, 저쪽이 밑지네……. 이쪽이 기우네, 저쪽이 넘치네……. 자로 재고 저울로 달고 계산기를 두드린다. 사랑이 돈으로 살 수 있는 것은 아니라는 것쯤 누구나 다 알고 있지만, 현실에서는 돈이 사랑을 가로막는 요소가 된다.

지참금이 없어서 사랑하는 연인을 떠나보내야 하는 가슴 아픈 노래 〈말라이카〉, 이 노래를 듣는 동안 저무는 아프리카 석양을 바라보는 목동의 서글픈 눈망울이 연상되며 쓸쓸해진다.

그러나 이 소설을 읽는 동안에는 쓸쓸한 정도로 그치지 않는다. 상처에 소금을 뿌린 것처럼 마음이 쓰려온다. 현진건 단편 「운수 좋은 날」. 1920년대 가난한 사람들의 한과 슬픔을 억누르며 써 내려간 소설이다.

추적추적 비가 오는 날, 가난한 인력거꾼인 김첨지는 가지 말라고 사정하는 아내를 뿌리치고 집을 나선다. 열흘 동안 공을 쳤는데, 그날은 이상하게 손님이 많았다. 십 전짜리 돈이 찰깍하고 손바닥에 떨어질 때 그는 눈물을 흘릴 만큼 기뻤다. 십 전이라는 돈은 그에게 너무나 소중했다. 컬컬한 목에 모주 한잔 적실 수도 있고, 아픈 아내에게 설렁탕 한 그릇도 사다줄 수 있으니까.

그의 아내가 기침으로 콜록거린 지는 벌써 달포가 넘었다. 조밥도 굶기를 예사로 하는 처지에 약은 너무나 사치스러운 것. 의사에게 보여본 적도 없으니 무슨 병인지도 알 수 없다. 열흘 전인가는 아내가 조밥을 먹고 체했다. 오래간만에 돈을 얻어서 좁쌀 한 되와 나무 한 단을 사다주었더니 급한 마음에 채 익지도 않은 것을 먹어버린 탓이었다.

두 뺨에 혹이 붉어지도록, 누가 뺏어먹기라도 할 것처럼 급히 먹은 아내는 그만 체해서 병이 더 깊어졌다. 그러고도 먹는 데는 물리지도 않는지 사흘 전부터 설렁탕 국물이 마시고 싶다고 남편을 졸랐다.

"조밥도 못 먹는 년이 설렁탕은…… 또, 처먹고 지랄병을 하게."

호통을 치고 나왔지만 설렁탕도 못 사주는 마음이 편치는 않았

다. 손님들이 주고 간 돈을 보면서 남편은, 아내에게 설렁탕도 사주
고 어미 곁에서 배고파 보채는 젖먹이 아들에게 죽을 사줄 수도 있
겠다며 기뻐한다. 집으로 돌아가는 길에 선술집에서 친구를 만나
술을 마신 김첨지는 설렁탕을 사 들고 호기 있게 집으로 들어선다.

"남편이 들어오는데 나와보지도 않아?"

의기양양해서 방문을 차며 들어간 남편을 맞이하는 것은, 그러
나 싸늘하게 식어버린 아내였다. 그리고 젖먹이 어린애만이 아내
의 빈 가슴을 물고 있었다. 남편은 아내의 얼굴을 제 얼굴에 비비
며 중얼거린다.

"설렁탕을 사다놓았는데 왜 먹지를 못하니……. 괴상하게도 운
이 좋더니만……."

비참한 가난의 시대를 살아온 인력거꾼 김첨지가 전해준다. 사
랑하는 사람이 먹고 싶어하는 것을 먹게 해줄 수 있는 것, 사랑하
는 사람이 아프면 약을 사줄 수 있는 것, 그것만으로도 당신은 행
복한 사랑을 하고 있는 거라고……. 사랑하는 사람이 건강하게 기
다리는 집이 있다면, 그렇다면 당신에게 주어지는 매일매일은 운

수대통한 날, 행운의 날이라고……

사랑하는 사람을 위해 일할 수 있는 사람은 행복한 사람이다. 사랑하는 사람에게 맛있는 밥을 사줄 수 있는 사람은 행복한 사람이다. 사랑하는 사람에게 따뜻한 옷을 사줄 수 있는 사람은 행복한 사람이다.

내가 하고 있는 일이 무의미하게 느껴지고, 쳇바퀴 돌 듯 반복되는 하루하루가 지치고 고달프지만, 가끔은 인생이 지리멸렬하게 느껴지기도 하지만, 그래도 내가 하는 일이 내가 사랑하는 사람들을 살게 하는 일이라면…… 그렇다면 대단한 일을 하고 있는 것이다. 나라를 지키는 것도 훌륭한 일이지만 내가 사랑하는 사람을 지키는 일도 거룩하다. 세계를 위한 삶도 대단하지만 내 사랑 내 가족을 위한 삶도 위대하다.

복권에 당첨된 하루만 운수 좋은 날이 아니다. 내가 사랑하는 사람들을 위해 일할 수 있는 날, 그날이 내 인생 최고로 운수 좋은 날이다.

한 해를 돌아본다. 그러고 보니 단 하루도 운수 좋지 않은 날이 없었다. 소박한 찬이지만 내가 번 돈으로 함께 먹었고, 명품은 아니지만 따뜻한 옷을 입었고, 호화주택은 아니지만 편안한 집에서 살았다.

돌아보니 빈손뿐, 이라는 셈법은 틀렸다. 먹고 웃고 일한 시간
들은 셈에 넣지 않았다. 돌아보니 참 많이 남았고 참 많이 가졌다.
우리는 부자다. 사랑하니까.

현진건, 「운수 좋은 날」

사랑은
가시에 찔리지 않고는 장미를 딸 수 없는 비극이다

뻐꾸기는 뻐꾹뻐꾹 울어서 뻐꾸기고, 기러기는 기럭기럭 울어서 기러기고, 부엉이는 부엉부엉 울어서 부엉이인 것처럼 우리는 사랑, 사랑, 울어서 사람인 것일까. 김현식 노래 〈사랑 사랑 사랑〉처럼 누구나 한 번쯤 사랑에 울고 누구나 한 번쯤 사랑에 웃는다. 사랑에 마음 아파 울고 사랑에 기분좋아 웃는다.

다들 그렇게 사랑에 울고 웃고 한숨 쉬고 탄성을 지르곤 하겠지, 남이 보면 사랑은 다 거기서 거기, 평범해 보인다. 그러나 당사자들에게 사랑은 우여곡절의 골짜기를 지나는 드라마다. 그중에서도 가장 드라마틱한 사랑을 담은 소설이 있다.

롤리타, 내 삶의 빛, 내 몸의 불이여. 나의 죄, 나의 영혼이여.
롤−리−타. 혀끝이 입천장을 따라 세 걸음째에 앞니를 가볍게
건드린다. 롤. 리. 타.

애절하게 그 이름을 부르는 남자의 사랑 이야기 『롤리타』는 마
지막 문장 역시 그녀의 이름을 부르면서 끝난다.

"나의 롤리타."

이쯤 되면 롤리타는 이름이 아니다. 다른 어떤 방식으로도 표현
할 수 없고, 마음속 격정을 억누를 수 없어서 터져나오는 감탄사
고 탄식이다.

여름마다 나비 채집에 몰두했던 작가, 프로 나비 채집가이며 소
설가인 러시아 망명작가 블라디미르 나보코프의 아름답고 충격적
인 이 작품은, 부도덕하다며 한때 출판이 금지되었던 소설이다. 그
러나 1958년 미국에서 다시 발간되면서 베스트셀러가 되었고 '롤
리타 콤플렉스'라는 용어도 생겨났다.

나비처럼 가벼운, 요정처럼 빠르게 달아나는 소녀 롤리타를 사
랑하는, 애욕의 덫에 빠진 험버트. 결국 그 사랑 때문에 살인까지
하게 된 그가 배심원들에게 자료를 내려고 써내려간 일종의 회고

록 형식을 띠고 있는『롤리타』. 지금까지 계속되는 선정성 논란 속에서 작가는 이렇게 항변했다.

그러나 나는 교훈적인 소설은 쓰지도 않고 읽지도 않는다. 존 레이가 뭐라고 말하든 간에『롤리타』는 가르침을 주기 위한 책이 아니다.

문학은 '심미적 희열'을 추구하기 위해 있다는 그의 말대로 소설『롤리타』속에는 구절구절마다 아름다운 은유와 탐미적 비유가 숨어 있다. 그러다가 마음속으로 뛰어들어와 장난꾸러기처럼 감성을 간질인다.

소설 속 주인공을 따라 환희와 절망을 숨가쁘게 넘나들며 감정의 롤러코스터를 타다보면, 심장을 후벼파는 고통이다 싶다가도 뇌수를 다 흔들 만큼 환희에 가득한 것이 사랑임을 절감한다. 그래서 옆구리를 더 시리게 만들고 자꾸 애꿎은 창밖만 노려보게 만든다.

첫사랑의 지독한 화인을 심장에 새긴 남자, 열세 살 때 첫사랑이 죽자 20년 동안 그녀를 잊지 못한 남자 험버트. 첫사랑 소녀를 그리워하는 아련한 마음으로 지루한 결혼생활을 이어가던 그는, 아내에게 사랑하는 남성이 있다는 것을 알고 이혼한다. 그리고 혼자 뉴욕으로 떠난다.

향수 제조업을 하면서 부유한 생활을 하는 험버트는 어느 집에서 하숙을 하게 되는데, 그 하숙집 주인의 딸인 롤리타……. 나비처럼 팔락이며 날아온, 버릇없고 제멋대로인 변덕쟁이 소녀 롤리타. 그 소녀에게 깊이 끌린 험버트는 롤리타와 함께 있기 위해 그녀의 어머니 헤이즈 부인과 결혼한다.

꿀빛으로 물든 가녀린 어깨도, 맨살을 드러낸 매끄럽고 유연한 등도, 그리고 밤색 머리카락도 모두 똑같았다.

롤리타에 대한 사랑을 써내려간 험버트의 일기를 헤이즈 부인이 보게 되고, 충격으로 뛰쳐나가다가 사고로 세상을 떠나고 만다.

그후 험버트는 롤리타와 자동차를 타고 여행을 하게 되는데…… 철없고, 통속적이고, 거칠고, 산만한 그녀에게 실망하면서도 그 사랑을 그만둘 수는 없었다. 롤리타는 그의 끈질긴 집착을 피해 도망쳐버리고, 험버트는 애타게 그녀를 찾아다닌다. 사랑이 내면을 황폐화시키고 인생을 무너뜨린다는 것을 알면서도 그 사랑을 멈추거나 줄이지 못한다. 그의 사랑은 이미 그의 의지를 벗어난 일이었다. 그저 마지막 희망…… 언젠가는 그녀가 자신을 사랑할지도 모른다는 희망만을 부여잡는다.

롤리타 친구들의 이름을 시처럼 암송하고, 도망친 그녀를 찾아 방방곡곡을 헤매던 험버트는, 돈을 보내달라는 롤리타의 편지를 받고 그녀를 찾아간다. 그런데 롤리타는 젊은 일꾼과 결혼해서 만삭이 되어 있었다. 험버트는 롤리타에게 돌아와줄 것을 간청한다. 그러나 롤리타는 그의 애원을 차갑게 묵살한다.

한탄하던 험버트는, 롤리타가 자신을 떠나버린 것이 연극 선생인 극작가 때문인 것을 알게 된다. 또, 그가 롤리타를 농락하고 버렸다는 것을 알게 된다. 험버트는 그 극작가에게 총을 겨누고 방아쇠를 당긴다.

나비처럼 팔랑거리며 날아가서 어디론가 공기에 스며들어 사라져버리는 것들이 있다. 소유가 금지된 것들, 욕심내서는 안 되는 것들이 있다. 금지된 것에 집착하고, 불가능한 것을 소유하려고 하는 욕망에 롤리타가 노란 경고장을 내민다. 나비처럼 팔랑거리며 날아가는 소녀가 내리는 경고문은 이것이다. 거기서 그만! 나비는 살아 있는 채로 소유할 수 없는 것. 가질 수 없는 것을 가지고자 하는 욕망은 파멸의 아픔만 남길 뿐.

그러나 브레이크가 고장난 차를 몰고 절벽을 향해 달리는 사랑은, 끝이 파멸임을 알면서도 그 끝을 향해 달려간다. 브레이크 파열음을 내며 산산이 부서지는 사랑, 그럼에도 불구하고 사랑은 장미처럼 피어나 우리를 유혹한다. 그 장미를 따고 싶어진다. 장미를 따기 위해서는 가시에 찔리는 아픔을 겪어야 한다.

　그래서 이어령 선생도 경고한 바 있다. '사랑이란 가시에 찔리지 않고 장미를 딸 수 없다는 그 비극, 죄를 짓지 않고는 느낄 수 없다는 인간의 그 형벌'이라고.

블라디미르 나보코프, 『롤리타』, 문학동네, 김진준 역

사랑은
SOS 인생 조난신호에 내미는 손길이다

등껍질에 슬픔이 가득차 있는 것을 깨달은 달팽이가 친구를 찾아가 하소연한다. "이제 더이상 살아갈 수 없어." 그러자 친구 달팽이가 말한다. "내 등껍질에도 슬픔이 가득해."

달팽이는 다른 친구, 또다른 친구를 찾아가 똑같은 말을 한다. 그러나 친구들에게서 돌아오는 대답은 한결같았다. 달팽이는 마침내 깨달았다. 슬픔은 누구에게나 있는 것이라는 사실을……

니이미 난키치의 『달팽이의 슬픔』에 나오는 달팽이들처럼 켜켜이 슬픔을 껍질로 두르고 살아가는 존재, 우리다. 슬프지 않은 사람 없고, 가엾지 않은 사람 없다. 구구절절 아픈 인생 속에서 우리는 소리 없는 비명을 지른다. 누가 나를 좀 구해달라고. 지치고 힘들고 슬플 때 도망갈 수 있는 곳, 마음의 비상구는 어디일까?

뾰족하게 날을 세웠던 마음이 동그랗게 풀어져내리는 곳, 차가운 서러움이 따뜻하게 녹아내리는 곳……. 우리 마음에는 그런 비무장지대가 있다. 생의 무기들을 다 풀어놓고, 뻣뻣이 긴장된 두 팔도 그저 툭 내려놓고, 마음이 가장 편한 순수 면옷으로 갈아입을 수 있는 곳. 내 마음의 비무장지대에는 그 사람이 산다. 그래서 내 마음이 찾아가면 어서 오라고 두 팔을 벌려 환영한다. 그저 달려가 그 팔에 안기면 그만. 그 사람 품속에서는 서럽던 것도 시리던 것도 다 나긋나긋 풀어져내려 조금 더 착해지고 조금 더 따뜻해진다.

사랑만이 인생을 구하는 유일한 방법이라고 말하는 소설, 기욤 뮈소의 『구해줘』. 책장을 열면 가장 먼저 보이는 글귀가 있다.

오늘은 내 남은 인생의 첫날이다.

프랑스의 젊은 작가 기욤 뮈소의 장편소설 『구해줘』는 한 편의 할리우드 영화를 보는 듯하다. 브로드웨이 무대에 서겠다는 아메리칸드림을 꿈꾸며 프랑스에서 뉴욕으로 온 배우 지망생 줄리엣. 그녀는 점원, 청소부, 웨이트리스 등 수많은 아르바이트를 하면서 오디션을 하는 곳마다 쫓아다닌다. 그러나 결국 꿈을 이루지 못한 채 프랑스로 돌아갈 결심을 한다.

그런 어느 날, 한 남자를 만나게 되는데……. 아내의 자살로 고통스러운 나날을 보내는 의사 샘은 급히 차를 몰다가 줄리엣을 칠 뻔한다. 꿈을 이루지 못해 불행한 배우 지망생 줄리엣. 아내의 죽음으로 불행한 의사 샘. 그들은 사랑을 느낀다.

그러나 서로에게 솔직하지 못했던 두 사람은, 가슴속 사랑을 말하지 못한 채 작별한다. 꿈도 사랑도 이루지 못한 채 줄리엣은 프랑스로 돌아가는 비행기에 오른다. 그런데 줄리엣이 오른 그 비행기가 추락했다는 소식이 들려온다. 샘은 세상이 끝날 것 같은 충격을 받는다. 그러나 줄리엣은 비행기를 타지 않았다. 샘에 대한 미련 때문이었다.

샘이 기뻐하는 것도 잠시! 저승사자가 찾아온다. 경찰의 직분을 다하려다가 안타깝게 생을 마감한 그레이스가 바로 저승사자. 줄리엣을 저승으로 데려가야 하는 그에게 샘은 애원한다.

"제발 나에게서 그녀를 앗아가지 말아요!"

그레이스는 알게 된다. 샘이 얼마나 줄리엣을 사랑하는지……. 그리고 후회한다. '나는 왜 저들처럼 사랑하지 못했던가.' 그레이스는 그들의 사랑을 응원해주고 싶지만 그가 맡은 임무를 수행해야만 했다.

샘은 줄리엣이 공중 케이블카를 타러 갔다는 사실을 알고 그녀를 구하러 달려간다. 그런데 간발의 차이로 케이블카를 놓치고 만다. 그 케이블카는 추락한다. 샘은 줄리엣을 잃은 슬픔과 사랑하는 여자를 구하지 못했다는 죄책감에 시달린다.

샘은 줄리엣과 함께 갔던 카페 앞을 지나가다가 그녀와의 추억을 떠올리며 슬퍼한다. 집으로 가는 길에 샘은 눈 속에 쓰러진다. 사랑하는 그녀가 없는 세상……. 더 살고 싶지 않았다. 일어나고 싶지 않았다. 그런데 그 길 끝에서 줄리엣을 본다.

그녀의 모습은 환상이 아니라 실재였다. 케이블카를 탄 사람은 줄리엣이 아니었다. 저승사자 그레이스를 생전에 사랑했던 마크 루텔리 경관이었다. 루텔리 경관은 사랑하는 그레이스를 만나기 위해 줄리엣 대신 죽음을 택했다. 그레이스를 만나기 위해서는 그 세상으로 건너가야 했으니까. 줄리엣은 그의 목숨을 대신해 살아가게 된다.

달콤한 판타지가 녹아 있는 소설 『구해줘』 속에서 등장인물들은 누군가를 향해 언제나 외친다. "날 좀 구해줘!" 그 순간 누군가는 그를 구해주기 위해 달려간다.

상처 없는 영혼, 있을까? 어려움 없는 인생, 있을까? 저마다 상처도 다르고 아픔의 크기도 다르고 상흔의 모양도 다 다르다. 그러나 인생의 아픔을 치료하는 약은 모두 같다. 그것은…… 사랑.

우리는 외친다. 누군가를 향해서. "구해줘!" 우리는 갈망한다. 내가 가진 상처와 아픔에서 나를 구해주기를……. 당신의 사랑으로 슬픔에 빠진 나를 구해주기를……. 그렇게 수도 없이 인생 조난신호 SOS를 보내는 존재가 우리다. 내 삶의 조난신호에 손을 내밀어 내 삶을 구해줄 대상을 찾는 일, "구해줘"라고 외치는 그 손을 잡아주는 일……. 그것이 우리의 삶의 사명인지도 모른다.
소설 속 샘의 이 대사가 오래 가슴을 친다.

내가 이 삶을 축복한다면, 그것은 그대가 있기 때문이다.

누군가가 날 사랑해주는 날, 내가 누군가를 사랑하는 날은 다 좋은 날, 다 멋진 날이다.

기욤 뮈소, 『구해줘』, 밝은세상, 윤미연 역

사랑하는 사람은
신의 선물을 받아든 사람이다

만나자는 약속을 하지 않아도 매일 만날 수 있는 사람, 만나자고 약속을 해야 만날 수 있는 사람, 만나자는 약속을 해도 약속이 어긋나 만날 수 없는 사람, 만나자는 약속조차 할 수 없는 사람……. 그중에서 가장 애달픈 사이는, 만나자는 약속조차 할 수 없는 사람이 아닐까?

때때로 약속 대신에 우연한 만남의 기대를 품어보곤 한다. 길을 걷다가 우연히 마주치지나 않을까. 비가 내리는 길을 걷다가 문득 맞은편에서 그 사람이 걸어오지나 않을까. 낙엽 지는 길을 걷다가 갑자기 스치고 지나가게 되지는 않을까. 창 넓은 카페에 앉아 있다가 그 사람이 지나가지나 않을까. 그렇게 우연히 만나지고 싶은 사람이 있다.

사랑 중에 가장 슬픈 사랑 외사랑. 내가 사랑해주지 않아도 그 사람은 잘만 살아가는데, 나는 그 사람을 사랑하지 않으면 살 수 없다. 사랑이 아파서, 그 마음 뜯어내 강물로 버리고 싶지만 심장 한구석에 박혀 있어서 도무지 철거가 안 된다.

사랑 때문에 밤을 지새우고, 사랑 때문에 가슴 아리는 외사랑, 잔인하도록 혹독하지만 그래서 아름다운 사랑을 담은 소설이 있다. 1960년대 러시아 문학의 새로운 기수인 바실리 악쇼노프는, 젊은이들로부터 열렬한 지지를 받았지만 보수적인 비평가로부터는 혹평을 받았다.

"작가는 도덕과 교훈 따위의 전염병을 피해야 한다."

이런 좌우명을 가진 그가 1962년 발표한 소설 「달로 가는 도중에」는 어느 벌목공의 짝사랑을 담고 있는 작품이다.

시베리아 오지의 벌목꾼 키르피첸코는 때로는 비정하게, 때로는 악착같이 모은 급료로 여행을 떠난다. 그가 탄 비행기가 활주로를 달릴 때 스튜어디스가 묻는다.

"외투 좀 치워도 될까요?"

미소 짓는 스튜어디스 타냐를 보고 키르피첸코는 첫눈에 반해버린다. 그녀를 단숨에 사랑해버린 그는, 모스크바에 도착하자 백화점에 가서 양복 세 벌을 산다. 그리고 그녀에게 줄 스카프와 향수, 옷과 선물도 사들인다. 잠을 잘 때면 그는 타냐가 옆에 있다는 상상을 한다. 타냐를 보기 위해 공항 주변을 배회한다.

애가 탄 그는 그녀를 보기 위해 하바로프스그 행 힝공표를 산다. 그러나 거기에는 그녀가 없었다. 이번에는 다른 비행기를 타고 모스크바로 돌아온다. 그렇게 그는, 그녀를 보기 위해 무작정 비행기를 타고 왔다갔다하며 얼마 남지 않은 휴가와 급료를 다 써버린다.

그후, 벌목장이 있는 사할린으로 돌아가는 도중에 공항에서 타냐를 만난다. 멀리서 보이는 타냐는 웃고 있었다. 빈털터리 신세로 차마 그녀 앞에 다가설 수 없는 키르피첸코.

"달까지 가는 거리가 얼마나 되는지 알고 있나?"
"대략 30만 킬로미터쯤 될 거야."

그녀에게 가는 길은 그토록 멀다. 외사랑의 상대에게 가는 길은 그렇게 까마득하다. 도저히 가닿을 수 없는 거리감 앞에서 막막한 키르피첸코는 생각한다. 일하는 동안에도, 쉬는 동안에도, 잠든 동안에도 그녀를 생각하고, 아침에도 그녀 생각으로 깨어나게 될 것이라고…….

고개를 젖히고 바라보는 달, 아름답다. 처연하다. 손을 뻗어도 닿을 수 없는 거리에 있어서 더 애처롭다. 짝사랑하는 사람은 그렇게 달 앞에 서서 한숨 쉬는 사람이다. 다른 등잔불은 다 꺼도 달빛은 끄지 못해서 잠들지 못하는 사람이다.

꽃길을 거닐다가 우연히 만나고 싶은 사람, 빗속에서 바람 속에서 온종일 기다려도 좋은 사람, 그를 만나기 위해서라면 내 모든 것을 다 걸어도 좋은 사람. 계산도 없이, 작정도 없이, 그저 기다리는 일 하나로 목이 길어져서, 달처럼 먼 거리의 그에게 마음보다 먼저 시선이 도달하고 싶어지는, 그런 사람.

나무가 뿌리를 내리면 그 자리를 옮길 수 없는 것처럼 마음의 자리를 결코 옮길 수 없는 상태. 심장에 뿌리박혀 아무리 아파도 뜯어낼 수 없는 아름다운 죄, 사랑. 그것을 품은 사람은, 짓고 있는 사람은, 꿈꾸고 있는 사람은 신의 선물을 받아든 사람이다. 마음에 달빛 하나를 품고 살아갈 수 있으니까.

바실리 악쇼노프, 「달로 가는 도중에」

사랑은　　　　어깨에 내려앉은 어여쁜 별님이다

고향집 마당 평상에서 하늘을 올려다보았을 때, 밤하늘에 별들이 총총 떠서 머리 위로 쏟아져내릴 것만 같았다. 울컥, 눈물이 났다. 순수해서 아름다웠고, 아름다워서 슬펐다. 그때 알았다. 첫사랑과 별은 이음동의어라는 것을.

　첫사랑과 별은 참 닮았다. 밤하늘에 뜬 별처럼 영롱하게 다가왔다가 짧게 스러지니까. 이루지 못한 첫사랑의 눈부신 한때는, 별이 밤하늘에서 빛나는 바로 그 시간이다.

　첫사랑이 막 시작되려는 때는 그 사람 앞에 나설 용기가 없다. 고백하고 싶지만 바보처럼 할말을 하지 못한다. 다가가고 싶지만 그 자리에서 볼만 붉힌다. 첫사랑은 그렇게, 마음과 몸을 따로따로 분단국가로 만들어버린다.

별이 아름다운 이유도, 첫사랑이 아름다운 이유도, 어쩌면 아득한 거리에 있지는 않을까? 만져질 수 없는 안타까움 때문에, 곁에 둘 수 없는 아쉬움 때문에, 곧 스러지는 허망함 때문에, 닿을 수 없는 막막함 때문에, 가질 수 없는 슬픔 때문에 더 아름다운 것은 아닐까?

순수해서 아름답고, 그래서 슬픈 소설이 있다. 작가인 알퐁스 도데의 고향 프로방스 지방의 목가적인 배경 속에서 펼쳐지는 소설 「별」. 스무 살 목동의 순수한 사랑을 담은 「별」의 도입 부분에서 목동은 이렇게 고백한다.

나처럼 보잘것없는 산속의 양치기 주제에 그런 건 알아서 뭐하냐고 묻는다면, 나는 이렇게 대답할 것입니다. 내 나이는 스무 살이었다고……. 그리고 스테파네트 아가씨는 지금까지 내가 본 중에 가장 아름다운 사람이었다고…….

목동은 산속에서 양을 치며 살아간다. 2주일에 한 번씩 보름치 식량을 싣고 산길을 올라오는 노새 방울 소리가 들리면, 목동은 그 어떤 소식보다 주인집 따님인 스테파네트 아가씨 소식을 듣고 싶어 한다. 그래서 무관심을 가장하며 아가씨에 대해 물어보곤 한다.

그런 어느 날, 식량이 오기로 한 날인데 머슴은 오지 않고 그토록 사모하는 스테파네트 아가씨가 온다. 아가씨는 목동이 사는 곳을 둘러보며 말한다.

"여기서 산단 말이지? 밤낮 이렇게 외롭게 세월을 보내니까 얼마나 갑갑하겠니? 무얼 하며 시간을 보내지? 무슨 생각을 하면서?"

그때 목동은 소리는 내지 않고 마음속으로 대답한다.

'당신을 생각하며……. 아가씨…….'

비 때문에 강물이 불어서 아가씨는 다시 돌아온다. 밤이 오고, 목동은 안녕히 주무시라는 인사를 하고 나서 문 앞에 앉는다. 세상에서 가장 귀하고 더 순결한 한 마리 양처럼, 아가씨가 내 보호 아래 고이 쉬고 있다는 생각에 목동의 마음이 벅차오른다.

그때 갑자기 사립문이 삐꺽 열리면서 아름다운 스테파네트가 나타난다. 잠을 이룰 수가 없었던 것이다. 목동은 염소모피를 벗어 아가씨 어깨 위에 걸쳐준다. 그리고 모닥불을 피운다. 아가씨와 목동은 아무 말 없이 나란히 앉아 있었다.

만일, 한 번만이라도 밤을 새워본 일이 있는 분이라면, 인간이 모두 잠든 깊은 밤중에는, 또다른 신비로운 세계가 고독과 적막 속에 눈을 뜬다는 것을 누구나 알고 있을 것이다.

그때, 아름다운 유성이 한줄기 그들 머리 위를 같은 방향으로 스쳐간다.

"저게 무얼까?"

스테파네트가 묻자 목동이 대답한다.

"천국으로 들어가는 영혼이지요."

목동은 별의 이름들을 짚어가며 별 이야기를 들려준다. 아가씨는 졸음에 겨운 머리를 목동의 어깨에 기댄다. 밤이 깊어갔고 별들이 해쓱하게 빛을 잃어갔다. 멀리서 훤하게 먼동이 터올랐다. 그때까지 아가씨는 그대로 목동의 어깨에 기대고 있었다. 그 오랜 시간 동안 목동은 꼼짝할 수 없었다. 움직이면 깊이 잠든 아가씨가 혹여 잠이 깰까봐……

어깨에 머리를 기댄 채 잠든 아가씨를 보며 목동은 생각한다.

저 숱한 별들 중에 가장 가냘프고 가장 빛나는 별님 하나가 그만 길을 잃고 내 어깨에 내려앉아 고이 잠들어 있노라고…….

마지막 여운이 책장을 덮지 못하게 한다. 별이 돌아갈 길을 잃고 아스라이 아침 하늘에서 떨고 있는 것처럼 내 손이 마지막 책장에 머문 채 아쉬움에 떤다.

천천히 소설의 마지막 장을 덮고 나서는 시선이 아련해진다. 안타까움 때문에……. 내 마음 어딘가에서 흔적도 없이 사라져버린 순수성 때문에……. 물건을 잃어버리면 분실물 센터로 달려가 보기라도 한다지만 순수를 잃어버리면 찾을 수가 없다. 그래서 더 마음이 아프다. 밤새 쓴 편지를 부치지 못하던 애달픔, 별을 보면서 별자리를 헤아려보던 가슴, 시구 하나에 눈물이 그렁해지던 영혼……. 그 순수의 행방은 어디로 간 것일까?

밤새 꼼짝도 못하고 아가씨의 잠든 모습을 내려다보는 목동이 우리에게 묻는다. 먼 언덕 어디쯤, 하얗게 흩날리는 순수의 행방에 대해서…….

얼마 전 도시의 밤하늘에도 별이 총총 뜬 것을 보았다. 내 마음속 분실물 센터에 분실물이 접수된 기분이었다. 아직은 찾을 수 있다고, 당신의 순수는 마음속 거기 아직 머물러 있다고 별이 알려주는 것 같았다. 가슴이 뛰었다.

머리를 들어 밤하늘 별을 찾아보는 일은, 첫사랑을 그리워하는 마음이다.

별은, 어렴풋이 빛나다가 멀리 사라지고 만다. 또다른 밤이 온다고 해도 그 별을 찾아내기란 쉽지 않다. 그러니 별이 빛나는 그 시간에, 별이 보이는 그 시간에, 온 힘을 다해 그 별빛의 사랑을 간직해보는 건 어떨까? 밤이 새고 나면 허망해질지라도, 별이 지고 나면 슬퍼질지라도, 별 뜨는 그 시간 그 별빛의 사랑에 내 시선 내 마음을 다 던져보는 건 어떨까?

알퐁스 도데, 「별」

사랑은　　　　서로의 등을 바라보며
차창에 어린 풍경을 스쳐지나가는 것이다

시간과 함께 모든 것은 사라진다. 빗속에서 찾아 헤맸던 것들, 눈 빛만으로 이해할 수 있었던 것들, 숱한 말들과 문장들, 웃고 울었 던 감정들, 지켜지지 못한 거짓 약속들, 간절했던 만남들, 의미를 모르고 괴로워했던 날들, 위로가 되어주던 따스함들…… 바람에 흩어지는 모래알처럼 시간 속에 산화된다.

시간은 야박한 술집 주인이어서 술값을 내고 빨리 나가라고 재 촉한다고 어느 시인은 슬퍼했다. 시간은 우리가 사랑하는 모든 것 을 가져가버린다고 어느 철학자는 슬퍼했다. 한때 찬란했던 젊음 도, 눈부셨던 아름다움도, 황홀했던 사랑도 영원하지 않다. 뜨겁 던 꿈도, 치열했던 의지도 시간은 가져가버린다.

한여름 맹렬한 푸름을 과시하며 의기양양했던 나뭇잎이 가을엔 낙엽 되어 비명을 지르며 추락하는 일, 우리 삶과 뭐가 다를까. 사랑과 또 뭐가 다를까. 삶은 짧다. 슬프게도 사랑은 더 짧다. 아니, 사랑은 찰나다.

기억이 조각조각 나서 미술작품처럼 심장 구석구석 전시되어 있을 뿐, 스토리가 이어지지 않는다. 사랑을 설명하지 못하는 이유가 거기에 있다. "무엇 때문에 너는 그 사람을 사랑하니?"에 대한 대답을 쉽게 하지 못하는 이유도 거기에 있다. 미술작품을 감상할 때 그 느낌을 설명할 수 없는 것처럼 사랑은 표현할 수 없다.

그래서일까. 이 소설은 스토리를 전할 수 없다. 사랑하는 감정도, 그들의 사랑 방식도 쉽게 이해되지 않는다. 이해하려드는 순간 실패한다. 그러나 이미지들이 페이지마다에서 튀어오른다. 감성의 이삭들을 줍기 바쁘다. 어쩌면 이 작품은 소설이라기보다 장문의 고백 시(詩)다. 아니, 미술작품이다.

1948년 발표한 가와바타 야스나리의 소설 『설국』. 한 글자 한 글자 연필로 꾹꾹 눌러 쓰며 지우개로 몇 번이고 지우면서 써내려간 듯하다. 소설의 무대인 니가타 현의 에치고의 유자와 온천에서 머물면서 작가는 13년 동안 이 작품을 썼다고 한다.

이 소설에는 기승전결이 없다. 그저 감각적인 표현과 문체의 결이 만져질 뿐. 사실 사랑에 무슨 기승전결이 필요한가. 순간 포착 사진처럼 심장에 찍어두면 그만인 것을. 살아가는 동안 가끔 꺼내 보면 그만인 것을.

국경의 긴 터널을 빠져나오자, 눈의 고장이었다. 밤의 밑바닥이 하얘졌다. 신호소에 차가 멈춰 섰다.

『설국』의 그 유명한 첫 문장을 막 지나면, 제설차를 세 대나 갖추고 눈을 기다리는 국경의 산에 기차가 도착한다. 세 시간 전, 기차 속에서 시마무라는 지루함을 달래기 위해 왼쪽 검지손가락을 이리저리 움직여본다.

"결국 이 손가락만이 지금 만나러 가는 여자를 생생하게 기억하고 있군."

떠올리려고 하면 할수록 희미해져가는 기억, 그러나 손가락은 여자의 감촉을 간직하여 그를 끌어당기고 있었다. 남자는 문득 그 손을 들어 손가락으로 유리창에 선을 긋는다. 그런데 거기, 여자의 한쪽 눈이 등불처럼 또렷이 떠오른다.

건너편 좌석의 여자, 그녀의 눈은 아름답다. 시마무라와 비스듬히 마주 앉아 있는 그 여자는, 허약한 청년을 돌보고 있다. 남자의 볼까지 덮고 있는 목도리가 헐거워지거나 코를 덮거나 하면 여자는 나긋한 손길로 고쳐준다. 남자의 발을 덮은 외투 자락이 흘러내리면 여자는 곧바로 매만져준다.

시마무라가 눈의 고장에 내린다. 설국. 온통 하얀 세상이다. 남자가 손가락으로 기억하는 여자, 그리고 눈에 등불이 켜진 여자. 그들 사이에 무슨 일이 일어나게 될까?

시마무라가 손가락으로 기억하는 여자 고마코는, 그가 지난해 초여름 이 고장에 왔을 때 처음 만난 여자다. 고마코의 첫인상은 초여름 산처럼 깨끗했다.

발밑에서 노랑나비가 두 마리 날아올랐다. 나비는 서로 뒤엉키면서 마침내 국경의 산들보다 더 높이, 노란빛이 희게 보일 때까지 아득해졌다.

여자를 처음 만난 느낌이 이토록 시적일 수 있을까? 그 여자는 시마무라의 손바닥에 낙서를 했다. 좋아하는 사람의 이름을 쓰겠다며 연극배우 영화배우 이름을 이삼십 개 쓰더니, 이번에는 시마무라의 이름만 무수히 적었다. 그날 밤을 함께 지낸 후 시마무라는 도쿄로 돌아갔다. 그후 겨울이 되어 시마무라는 그 여자의 기억을 다시 떠올려 이 고장에 찾아온 것이다.

스키 철을 앞둔 온천장은 한가하다. 기다란 복도 끝에 고마코가 꼿꼿이 서 있다. 고마코는 게이샤가 되어 있었다. 그녀는 그 남자를 그리워하고 있었다. 그렇게 떠나간 후 편지 한 장 없고, 만나러 오지도 않고, 책을 보내겠다던 약속도 지키지 않은 그를……. 시마무라는 주먹 쥔 왼손의 검지손가락을 펴 보여주며 말한다.

"이놈이 당신을 가장 잘 기억해줬어."

그녀가 대답한다.

"백구십구 일째예요."

두 사람이 함께 밤을 지내고 새벽이 온다. 남자는 여자의 빨간 뺨을 본다. 거울 속 새하얗게 반짝이는 것은 눈[雪]이다. 그 눈 속에 여자의 새빨간 뺨이 떠올라 있다. 고마코에게 시마무라가 묻는다.

"어제 당신도 역에 마중하러 나와 있었지. 짙은 푸른색 망토를 입고. 난 그 기차를 환자 바로 가까이에서 타고 왔어. 아주 진지하고 친절하게 그 환자를 돌봐주는 환자가 있던데, 그의 부인

인가? 여기서 마중 간 사람? 도쿄 사람? 마치 어머니처럼 돌보
길래 난 감탄하면서 보고 있었지."

고마코는 그 청년에 대해 말해준다. 춤선생의 아들인 그는 올해
스물여섯의 청년인데 건강이 좋지 않아지자 집으로 내려온 것이라
고 했다. 고마코는 그를 돌보던 여자, 기차 유리창에 어린 눈동자
의 그 여자에 대해서는 아무 말도 하지 않는다. 그때 마침 그 여자
의 목소리가 들린다.

"고마 짱. 이거 타넘으면 안 돼?"

그리고 곧바로 눈 바지 차림으로 훌쩍 상자를 타넘는다. 그녀
이름은 요코. 그녀는 시마무라를 한번 쓱 보더니 말없이 가로질러
가버린다.
　시마무라는 다른 게이샤로부터 뜻밖의 이야기를 듣는다. 춤선
생의 아들인 그 청년은 고마코의 약혼자라는 것. 더구나 그 청년
이 도쿄에서 오래 병을 앓는 바람에 고마코가 올여름 게이샤로 나
서서 병원비를 보냈다는 것이다. 고마코가 청년의 약혼녀? 요코가
청년의 새 애인? 시마무라는 그저 짐작만 한다.
　시마무라가 도쿄로 돌아가는 날, 고마코는 역으로 배웅 나온

다. 그런데 요코가 급히 달려와 청년이 찾는다고 한다. 그 청년은 죽어가면서 여자의 이름을 부른다. 옆에서 극진히 돌보는 여자 요코가 아닌, 찾아와주지도 않는 냉정한 여자 고마코의 이름을……

시마무라가 마지막으로 그 고장에 찾아갔을 때, 요코는 시마무라에게 말한다. 도쿄로 데려가달라고…….

"아가씨는 매일 메밀밭 아래 무덤에만 다닌다지?"

시마무라가 묻는다. 요코는 다다미에 떨어진 작은 나방을 잡고는 흐느껴 운다. 마을 사람들이 영화를 보던 누에고치 창고에서 불이 난다. 불길에 기울어진 창고 2층에서 여자의 몸이 인형처럼 떨어진다. 그 여자는 요코. 고마코는 미친듯이 뛰어가 그녀를 안는다. 몰려가는 사람들에게 부딪쳐 비틀거리던 시마무라가 발에 힘을 주며 올려다본 순간, 쏴아 하고 은하수가 시마무라 안으로 흘러든다.

남자는 그저 왼손가락 하나 정도가 기억하는 여자를 찾아간다. 여자는 그 남자를 애타게 기다린다. 다른 남자는 죽음의 순간까지 한 여자를 그리워한다. 다른 여자는 또 그 남자를 안타깝게 바라본다…….

사랑은 그렇게 서로의 등을 바라보며 차창에 어린 풍경을 스쳐 지나가는 것. 그 사람 뺨이 마음의 거울에 스며들었다가, 그 사람 눈동자가 마음의 창에 배어들었다가, 또 내리는 눈처럼 스러지는 것……. 그것이 사랑. 그리고 인생. 전신주를 다 덮을 정도로 쌓였다가도 봄이 되면 녹아버리는 눈……. 그것이 사랑. 그리고 인생.

그럼에도 불구하고 우리는 뛰어들어야 한다. 스쳐지나가는 관광객이 아니라, 뛰어들어 즐기는 여행자가 되어야 한다. 순간순간 즐겁지 않으면 모두 즐겁지 않게 되기 때문에……. 순간순간 사랑하지 않으면 모두 아무것도 아닌 게 되기 때문에…….

가와바타 야스나리, 『설국』

사랑은 　　　마음의 창을 열어야 보인다

차를 몰고 달려가다보니 문득 그런 생각이 든다. 사람과 사람 사이에도 정체 구간이 있다는 생각. 기어가는 거리, 걸어가는 거리, 신나게 뛰어갈 수 있는 거리, 아예 서 있는 거리……. 그 사람과 나 사이 거리는 어떤 속도감을 보이고 있을까? 마음이 공사중이어서 답답한 흐름을 보이는 건 아닌지…….

　우주 밖에 있는 것처럼 멀리 느껴져서 마음에 휑한 바람이 부는 사랑, 팔을 뻗으면 가까스로 닿을 수 있는 거리에 두는 사랑, 초고속으로 달려가 아주 가까이 있어주는 사랑, 언제나 한 몸처럼 느껴지는 사랑……. 그중에 사랑은 하면서도 결코 다가갈 수 없는 답답한 사랑을 하는 사람들은 그들의 시선을 자주 하늘에 둔다. 그곳에는 정체 구간이 없으니까.

사랑은 모순이다. 너무 가까이 다가올까 두렵고 너무 멀리 떠나갈까 두렵다. 가까이 다가올까 두려운 마음은 커튼이 드리워진 방, 창을 열지 않은 문이라고 말하는 소설이 있다. 백 년 전에 출간된 로맨틱 코미디, 여자와 남자의 서로 밀고 당기는 감정선을 즐겁게 감상할 수 있는 소설, E. M. 포스터의 『전망 좋은 방』이다.

매력적인 젊은 여성 루시는, 그녀를 보호하기 위해 동행한 사촌 언니 샬롯과 이탈리아로 여행을 간다. 숙소를 예약할 때는 분명히 강이 다 내려다보인다는 전망 좋은 방이라고 했는데 막상 들어서 보니 얘기가 달랐다. 창밖이 건물로 가득한 전망 없는 방이었다.

이때, 같은 펜션에 묵고 있는 에머슨 부자가 숙녀들을 위해 전망 좋은 방을 양보하겠다고 나선다. 루시와 샬롯은 이들의 제의를 마지못해 받아들인다. 예의범절에 지나치게 집착하는 루시와 세기말적 비관주의에 빠져 있는 에머슨은 그렇게 만나게 된다.

루시는 보수적인 사고방식 때문에 에머슨을 좋아하는 감정을 애써 밀어낸다. 반대로 에머슨은 내면에 불타는 열정이 있는 인물이다. 광장에 나갔다가 때아닌 살인사건을 목격하고 놀란 루시가 에머슨의 품에 안긴다. 그후 두 사람은 서로에게 열정을 느낀다.

열정이란 저항할 수 없는 것이어야 한다. 예의범절이라든가 심사

숙고라든가 그 밖에 교양이라는 이름의 각종 족쇄를 잊는 것이어야 한다. 무엇보다 그것은 통행권이 있는 곳에서 허락을 구하지 않는 것이어야 한다.

이것이 에머슨의 열정, 그러나 사사건건 몸을 사리는 루시에게 에머슨의 아버지는 말한다.

"사방 50마일에 봄이에요. 우리는 그걸 즐기러 온 겁니다. 자연의 봄과 사람의 봄이 다르다고 생각합니까? 그런데 우리는 한쪽은 추켜세우면서 다른 한쪽은 도덕이 어쩌고 하며 깎아내립니다. 두 가지 모두 똑같은 자연법칙에 따라 움직이는데, 그걸 부끄러워하는 거예요."

그러면서 말을 잇는다.

"나는 녀석에게 항시 사랑을 믿으라고 가르쳤어요. '네가 사랑을 느끼면 그건 진실이란다'라고 말예요. '열정은 장님이 아냐. 열정이야말로 눈이 밝지. 네가 누군가를 사랑한다면 그 여자는 네가 진실로 이해하게 될 유일한 사람이란다'라고도 말했어요."

며칠 후, 루시와 샬롯은 에머슨 부자와 함께 소풍을 간다. 그곳에서 루시를 만난 조지의 느낌은 이렇게 묘사된다.

그는 그녀의 얼굴에서 빛나는 기쁨을 보았고, 꽃들이 그녀의 드레스로 밀려들어 푸른 파도를 일으키며 부딪치는 것을 보았다. 위쪽의 덤불숲이 닫혔다. 그는 성큼성큼 걸어가서 그녀에게 키스했다.

그때 샬롯이 루시를 애타게 부르는 소리가 들리고 그들의 뜨거운 키스는 끝이 난다. 그리고 루시는 곧 영국으로 돌아가버린다.

에머슨과의 사랑에 뒷걸음치며 자신이 속한 사회의 룰에 적당히 안주하려 하는 루시. 그녀는 결국 영국으로 돌아와, 집에서 정한 혼처인 세실과 약혼한다. 여전히 루시를 사랑하는 아들을 지켜보던 에머슨의 아버지는 포기하지 않고 계속 아들과 루시를 엮어주려고 노력한다. 결국 루시는 자신이 정말 사랑하는 사람은 에머슨임을 알게 되고 세실에게 말한다.

"당신을 생각하면 배경은 언제나 방 안이에요. 재미있는 일이네요."

루시가 결국 선택한 사람은 마음의 창을 활짝 열고 사는 남자 에머슨이다. 두 사람은 첫 만남을 가졌던 이탈리아로 떠난다. 그리고 이야기의 결말은 둘이 함께 전망 좋은 방에서 창밖으로 아름다움을 바라본다는 완벽한 해피엔딩!

　진정한 사랑을 발견하는 일, 쉽지 않다. 사회가 만든 안경을 쓰고 상대를 바라보니까. 안락함과 평온함이 만든 잣대로 상대를 재단하니까. 마음의 감옥에 족쇄를 채운 채 상대를 대하니까. 그래서 맞지 않으면 다가가지 않으려 한다. 애써 마음에서 밀어낸다. 정작 눈부신 전망이 앞에 펼쳐져 있는데, 그 창을 꽁꽁 닫아거는 일이다.

　사랑은 사회에 물어보는 것이 아니라고, 타인에게 그 답을 구하는 것도 아니라고, 오직 내 마음에 물어보고 내 마음이 흔드는 깃발의 방향을 따라가는 것이라고, 감옥에서 해방돼 진정한 사랑을 찾은 루시가 전해준다.

　사랑하는 마음을 감옥에 가둬둘 시간이 없다. 마음의 방에 커튼을 칠 여유가 없다. 재고 따지고 밀어낼 시간이 없다. 사랑만 하고 살기에도 시간은 너무 짧다. 사랑할 시간이 그리 많지 않다.

E. M. 포스터, 『전망 좋은 방』, 열린책들, 고정아 역

사랑하던   시간은
기억되는 것이 아니라 각인되는 것이다

사랑하는 사람은 언제든, 어떻게든, 결국에는 이별한다. 한 사람의 마음이 먼저 변해서 헤어지든, 한 사람이 먼저 세상을 떠나 작별하든, 누군가는 남겨지고 누군가는 떠난다.

그렇게 헤어진 후, 그 사람이 내게 남긴 것을 바라보는 날들이 이어진다. 그러다가 시간이 지나면 더이상 바라볼 수 없다. 보이지 않는 곳에 스며들기 때문이다. 혼에 새겨지기 때문이다. 그래서 나 자체를 이루기 때문이다.

사랑하던 시간은 기억되는 것이 아니다. 각인되는 것이다. 스며들어, 물들어, 새겨들어, 내 영혼이 된다.

아버지가 세상을 떠난 후 어머니는 아버지가 남긴 것들을 보며 눈물짓곤 하셨다. 아버지는 갑자기 돌아가셨다. 고작 감기로. 진찰을 받아보겠다고 병원에 가셨다가 급성 폐렴으로.

장례식이 끝난 후, 아버지는 돌아오지 않고 그날 신고 가셨던 아버지 구두만 돌아왔다. 어머니는 아버지의 구두를 가슴에 부여안고 하염없이 우셨다.

믿을 수 없는 이별이 닥친 후, 어머니는 마치 아버지를 따라가려는 사람처럼 자리에 누우셨다. 그리고 기억의 용량이 모자라면 아버지를 다 기억할 수 없으니 다른 기억들은 다 비워버리려는 사람처럼, 그렇게 기억을 비워갔다.

아버지 사진을 손바닥으로 쓸고 또 쓸며 아버지를 부르시던 어머니. 그러다가 얼마 후 어머니는 더이상 아버지 사진을 들여다보지 않으셨다. "이제는 아버지 안 보고 싶으세요?"라고 물었더니 어머니는 대답하셨다.

"날 두고 먼저 가버린 사람, 뭐가 이뻐서."

그러나 알 것 같았다. 어머니는 아버지 사진을 더이상 볼 필요가 없었다. 아버지는 어머니에게 스며들어 있었으니까.

그리움은 마음에 그리는 그림이다. 그리움이 깊으면 그 그림은 조각이 된다. 그래서 그냥 그 사람 자체를 이룬다.

이 소설을 읽으면서 참 많이 울었다. 돌아가신 아버지가 생각나서. 그리고 이제는 아버지와 함께할 수 없는 일상의 시간들이 안타까워서. 「여덟 개의 모자로 남은 당신」은 남편이 저세상으로 떠난 후에 그가 남긴 여덟 개의 모자를 보며 회한과 추억을 서술하고 있는, 박완서 선생의 자전적 소설이다.

소설 속의 남편은 항암치료 때문에 모자를 써야 했다. 자식들은 아버지의 모자를 사 오기 시작했고, 맨 마지막에 막내가 사 온 모자가 여덟번째 모자. 남편은 그 모자를 죽는 날까지, 집에서도 벗지 않았다.

남편이 죽고 난 후, 아내는 다른 유품은 다른 사람들에게 다 나눠주었지만 남편의 모자는 간직한다. 남편의 인생 마지막에 썼던 여덟 개의 모자를……

아내는 종종 남편이 남긴 여덟 개의 모자를 꺼내본다. 그 안에서 머리카락 한 오라기라도 찾으려고 더듬어보지만 번번이 헛손질로 끝난다. 아침마다 우수수 지던 그 숱한 머리카락은 지금 얼마만큼 멀리 흩어져 티끌로 떠도는 걸까……. 아내는 생각한다.

소설 속의 남편은 항암치료를 위해 모자를 썼지만, 나의 아버지는 멋을 내기 위해 모자를 즐겨 쓰셨다. 아버지가 떠나신 후 어머니는 소설 속의 아내처럼 모자를 자꾸만 바라보셨다. 그리고 모자를 자꾸만 만지작거리셨다. 모자 속에서 아버지 흔적을 한 올이라도 발견하고 싶어서……. 외출할 때 그 모자를 쓰시던 아버지 모습을, 그 모자를 벗으며 집으로 들어서던 아버지 모습을, 단 한

번만이라도 다시 보고 싶어서…….

풍성한 식탁에 마주앉으면 우린 더불어 살아 있음에 대한 안타까운 감사와 사랑으로 내일 걱정을 잊었다. 그 시간 그의 구미에 맞는 한 그릇의 두부찌개는 누가 천 년까지 먹고살 보화를 가지고 와서 바꾸자고 해도 거들떠도 안 볼 값진 것이었다. 남들이 십 년 후를 근심하고 백 년을 위한 계획을 세우는 동안 우리는 순간을 아까워했다.

소설 속의 아내에게 가장 특별한 시간은 남편과 두부찌개를 먹는 시간이었다. 외출한 남편을 기다리며 아내는 저녁을 준비했다. 부엌 조리대 작은 창을 통해 버스 정류장을 내려다보면 그가 저녁노을 속으로 돌아오는 것이 보였다. 손엔 2홉들이 소주병을 달랑 들고……. 아내의 눈에 그의 존재가 시간과 마찰하면서 빛나 보였다. 마치 신혼 때처럼 가슴을 울렁이며 그를 마중했다.

삶의 마지막에서 가장 소중했던 순간은 특별한 곳을 여행하는 시간이 아니었다. 먼 훗날의 계획을 도모하는 시간도 아니었다. 부부가 두부찌개를 앞에 두고 마주 앉는 시간, 소주 한 병 사들고 걸어오는 남편을 마중하는 시간이 가장 가슴 벅차게 행복한 순간이었다.

"만일 인생의 마지막날에, 딱 한순간만을 가져가라고 하면 어떤 시간을 가져갈 거야?"

영화 〈봄날은 간다〉에서 주인공이 묻던 말을 떠올린다. 인생의 마지막날, 어떤 순간을 가져가고 싶을까? 지나온 생의 순간들을 호명해보면, 사랑하는 사람과 함께한 시간들이 다가온다. 사랑하는 사람과의 가장 특별한 시간은, 역설적이게도 가장 평범한 일상의 순간이다.

어머니 역시 아버지가 이룬 그 어떤 업적보다, 그 어떤 재물보다, 아버지와 함께했던 시간을 그리워하신다. 아버지가 좋아하던 음식, 아버지가 즐겨 부르던 노래, 아버지와 자주 갔던 장소를 그리워하며 자식들에게 말씀하신다.

"니 아버지가 이 노래를 부를 때는……"

"니 아버지가 맥주 한잔을 하고 와서는……"

"니 아버지가 이걸 드실 때는……"

어머니를 미소 짓게 하는 아버지와의 시간은 그렇게 아주 사소한 일상이었다.

생의 마지막 순간에 미소 짓기 위해 꼭 필요한 것은, 그리 거창한 게 아닐 것이다. 아주 사소하지만 말랑말랑하고 따뜻한 시간일 것이다. 가장 빛나는 시간은 그렇게 일상 속에 스며들어 있다는 것을, 가장 설레는 시간은 그 사람과 시선을 맞추는 때라는 것을 왜 자꾸 잊어버리고 사는 걸까?

어머니를 만나러 고향집에 간다. 어머니는 이제 그리운 아버지이기도 하다. 어머니가 그리워하시던 아버지는 이미 어머니 속에 각인되어 있기 때문이다.

박완서, 「여덟 개의 모자로 남은 당신」, 문학동네

사랑은　　메타포 가득한 시의 세계다

사람들이 많이 모여서 모두 어떤 곳을 보고 있다. 그들은 모두 바라보고 있는 곳에 정신이 팔려 있다. 그 사람들 뒤에 한 소녀가 있다. 하얀 드레스를 입고 뒤에 날개를 단 소녀는 천사처럼 보인다. 등돌린 사람들의 뒤에 서 있는 천사의 모습이 안타깝다.

지금 이 순간 우리는 무얼 보고 있을까? 뭐가 그렇게도 중요하길래 그 시선을 옮기지 못하고 있는 걸까? 뒤를 돌아보면 거기, 삶의 선물이 있을지도 모르는데……. 돌아보면 거기, 생의 꽃다발이 놓여 있을지도 모르는데…….

그저 스쳐지나가는 자연은, 우리의 일상은, 그리고 사랑은, 메타포로 가득한 시의 세계라고 말해주는 소설이 있다. 시인 파블로 네루다의 말년을 담은 소설 『네루다의 우편배달부』. 이 소설은 네루다를 장시간 인터뷰했던 기자 출신 작가 안토니오 스카르메타가 1985년에 쓴 작품이다.

1969년 6월, 고기잡이를 하다가 그만둔 청년 마리오는 우체국 창에 붙어 있는 구인광고를 보고 들어간다.

자전거가 있고, 글을 읽을 줄 알고, 딱 두 가지 채용 기준에 적합한 마리오는 우체부가 된다. 그가 담당하는 수신인은 단 한 사람. 시인 파블로 네루다 씨.

마리오가 시인이 되고 싶다고 하자 네루다는 말한다. 시인이 되고 싶으면 지금 당장 해변으로 가라고. 그러던 어느 날, 주점의 여자 베아트리스를 사랑하게 된 마리오는 시인에게 말한다.

"선생님, 저 사랑에 빠졌어요."

치료법이 다 있다는 시인의 말에 마리오가 대답한다.

"치료되기 싫어요. 계속 아프고 싶어요."

마리오는 시를 이용해 그토록 갈망하던 사랑을 얻게 된다. 그의 결혼식 날, 시인이 파리 대사관으로 임명됐다는 소식을 접한

다. 마리오는 직장을 잃어버린다. 편지를 전달할 사람이 없어졌으니까.

베아트리스의 식당에서 주방일을 담당하게 된 마리오는 네루다의 메타포를 빌려 식품에 이름을 붙인다. 양파(동그란 물장미), 마늘(아름다운 상아), 토마토(상쾌한 태양), 감자(한밤의 밀가루), 참치(깊은 바닷속의 탄알), 사과(오로라에 물들어 활짝 피어오른 순수한 뺨), 소금(파도의 망각)……. 사랑은 그렇게, 평범한 한 남자를 시인으로 만들었다.

어느 날 파리에 있는 시인의 편지와 소포가 도착한다. 마리오는 네루다가 보낸 녹음기에 바다의 움직임을 집요하게 녹음한다. 녹음기를 줄에 매달아 게가 집게를 비벼대고 해초들이 달라붙어 있는 바위 틈새에 밀어넣는다. 나일론 천조각으로 녹음기를 감싸고 아버지 배를 이용해 부서지는 파도 속으로 들어간다. 그리하여 3미터짜리 파도가 투우사의 단창처럼 해변에 내리꽂히기 직전의 스테레오 음향을 잡아낸다.

갈매기가 수직으로 하강하여 정어리를 쪼는 소리, 팔딱거리는 정어리를 부리로 제어하며 물위를 스치는 소리, 밀물과 썰물, 바람에 상큼하게 부서지는 파도 소리, 불꽃놀이처럼 쏟아지는 별똥별을 보고 개들이 짖는 소리, 바닷바람이 자아내는 변덕스러운 오케스트라 종소리, 커졌다 작아졌다 하는 등대 사이렌의 신음 소리, 그리고 베아트리스의 배 속에 있는 아기의 가녀린 심장박동 소리를…….

순박한 우체부가 시인에게 던진 이 질문.
온 세상이 다 무엇인가의 메타포라고 생각하는가?

그 대답은 예스! 우리가 바라보는 것, 우리가 느끼는 것, 살아가는 것, 사랑하는 것, 우리가 미워하고 외면하고 잊고 등돌리는 모든 것들이 온통 메타포로 넘치고 있다. 세상은 온통 시의 메타포로 넘친다. 창문 너머 밝아오는 태양의 아침도, 부스스한 얼굴로 잠에서 깨는 가족의 얼굴도, 늘 걷던 거리도, 차의 경적 소리도, 친구의 전화도, 빵 굽는 냄새와 커피 향기도…… 나를 둘러싼 것 모두 아름다운 시다. 노래다.

그런데 우리의 시선은 어디로 향해 있는 걸까? 아무리 아름다운 꽃도 시선을 주지 않으면 꽃이 아니다. 아름다운 노래도 듣는 사람이 마음에 아무런 느낌을 갖지 못한다면 노래가 아니다. 계절마다 바뀌는 자연이 신의 선물이라고 해도 마음이 움직여지지 않으면 선물이 아니다. 아무리 소중한 사람이라고 해도 그 시선이 다른 곳만 향해 있으면 사랑을 줄 수 없다.

어느새 연말. 그러한 눈으로 지나온 길을 돌아보는 마음도, 그 길 위에 새겨진 사람을 차마 마음 밖으로 꺼내버리지 못하는 애상도, 다시 새로운 길을 걸어가기 위해 운동화 끈을 동여매는 마음도, 또 한번 끝없는 길을 걸어가는 이유도 모두, 노래다. 시다. 사랑이 있다면, 그 사랑을 발견하고 있다면, 그 사랑에 감사하고 있다면…… 그렇다면…… 당신의 삶은 메타포로 가득한 시다.

안토니오 스카르메타, 『네루다의 우편배달부』, 민음사, 우석균 역

사랑은
발이 없어서 상대방에게 가닿을 수 없다

혼자 사랑하고 혼자 괴로워하다가 혼자 그 사랑을 정리해버리는 사랑이 있다. 그래서 상대방은 그 사람이 날 사랑했었는지조차 모른다. 모르는 채로 사랑이 왔다가 사랑이 지나가고 모르는 채로 버림받는다.

혼자만의 사랑, 외사랑. 그 사람이 날 바라봐주지 않아 애타고, 그 사람이 날 생각해주지 않아 애달프고, 그런데 나는 늘 바라보고 싶어 애끓고, 그런데 나는 늘 생각이 나 애처로운 사랑. 사랑 중에 가장 아픈 사랑이 아닐까?

사랑하면 관심이 간다. 그래서 뭘 좋아하는지 뭘 싫어하는지 알게 된다. 외사랑은 몰랐으면 좋을 것을 알게 된다. 그 사람은 날 사랑하지 않는다는 사실⋯⋯. 세상에서 가장 아픈 진실이다.

이토록 아픈 외사랑마저 작가 오 헨리는 특유의 재치로 풀어낸다. 그의 작품을 읽다보면 피식피식 웃음이 난다. 오 헨리의 단편 「사랑의 묘약」, 이 소설은 따뜻한 휴머니즘과 페이소스가 넘친다. 오 헨리의 다른 작품들처럼.

약국의 야근 점원이 아이키는 단골손님들에게 아주 좋은 친구다. 사람들은 그를 전적으로 신뢰한다. 그래서 그가 조제하는 약의 성분이 무엇이든 무조건 믿는다.

아이키는 하숙집 딸인 로지를 사랑하고 있다. 그러나 고백 한 번 못해보고 그저 그녀의 미소 한 자락에 애만 태운다. 그런 어느 날, 같은 하숙집에 묵고 있는 친구 맥고원이 찾아와서 아이키에게 말한다.

"아이키. 내게 꼭 필요한 약이 있는데, 잘 조제해줄 수 있겠나?"

아이키는 늘 패거리들과 싸움을 벌이는 그에게 묻는다.

"이번에는 늑골을 다쳤나?"

그러자 맥고원이 대답한다.

"자네의 진찰은 훌륭하군. 나는 늑골 부분을 다쳤어."

그것은 사랑의 상처였다. 운명의 장난일까? 아이키가 사랑하는 로지를 맥고원도 사랑하고 있었다. 맥고원은 아이키에게 애원한다.

"아이키. 날 도와주게. 오늘밤 나는 꼭 로지와 결혼식을 올려야 겠어."

아이키가 사랑해마지않는 여자를 맥고원도 사랑하다니……. 아이키는 너무 놀라 약병을 놓칠 뻔한다. 맥고원은 계속 말한다.

"그녀의 아버지는 날 아무래도 좋아하지 않는 것 같아. 1주일 내내 우리를 감시하고, 한 발짝도 나가지 못하도록 막고 있네."

아이키의 속도 모르는 채 맥고원의 말은 계속 이어진다.

"로지와 나는 2주일 전부터 아버지 몰래 결혼식을 올리고 멀리 도망가기로 약속했어. 그런데 그녀가 자꾸 마음이 변한단 말야. 낮에는 둘만 몰래 결혼해서 도망치자고 했다가, 저녁이 되면 아무래도 안 되겠다고 하곤 해. 오늘밤에는 무슨 일이 있어도 결혼식을 올려버리고 싶어. 그러니 이번만은 마음이 변하지 않도록 자네가 약을 지어주게."

아이키가 "도대체 무슨 약을 달라는 것이냐"고 묻자 맥고원은 대답한다.

"여자에게 그 약을 먹이면 상대방 남자에게 깊이 빠져들게 하는, 그런 약 없나? 그런 약을 준비해두었다가 오늘 저녁 식사할 때 로지에게 먹이면 그녀도 또다시 약속을 어기진 못할 것 아닌가. 그 약이 두 시간만 효력을 나타내준다면 만사 오케이야."

아이키는 질투에 차서 생각한다.

'어리석은 녀석! 결혼 마차 대신 구급차로 돌아가게 만들어주겠다!'

아이키는 로지가 먹을 약에 다량의 수면제를 넣어버린다. 그리고 그녀의 아버지에게 그들의 결혼 계획을 일러바친다. 그 약을 먹고 몇 시간이고 잠들어 있을 로지를 생각하며, 그리고 화가 잔뜩 나서 무장하고 기다리고 있을 아버지를 생각하며……. 아이키는 연적을 물리친 기쁨에 잠을 이루지 못한다.

다음날 아침, 맥고원이 뛰어들어온다. 위로해줘야겠다고 생각하는데 어쩐 일인지 맥고원의 얼굴이 아주 밝다. 기쁨에 찬 맥고원이 아이키의 손을 덥석 잡는다. 그리고 탄성을 터뜨린다.

"대성공이었어!"

어떻게 된 일이지? 어리둥절한 아이키에게 맥고원은 말한다.

"어제저녁 로지를 보며 이런 생각을 했어. 이 아가씨를 얻으려면 떳떳한 방법으로 정정당당하게 하자! 그리고 자네가 준 약봉지를 보자 이런 생각이 들었지. 그녀의 아버지는 장래의 사위에게 조금도 애정을 갖고 있지 않군. 그래서 나는 기회를 틈타 아버지의 커피 속에 그 약을 넣었던 거야."

사랑의 라이벌이 조제해준 묘약은 사랑의 묘약이 아니라 질투의 묘약이었다. 그 묘약은 엉뚱하게도 사랑을 방해하는 요소를 없애주는, 그래서 정말 사랑을 이뤄주는 효과를 발휘하고 말았다. 아이키의 외사랑은 결국 고백 한번 못해보고 이렇게 끝나고 말았다.

"당신을 사랑합니다"는 고백이 이뤄지지 않는 한, 사랑은 불발탄이 되어 밤하늘에 흩어지고 만다. 외사랑이 참사랑이 되기 위해 가장 먼저 해야 하는 것. 그것은 고백이다. 사랑하는 마음은 발이 없다. 그래서 상대방에게 가닿을 수 없다.

사랑의 묘약, 그 조제법은 무엇일까? 그 사람을 원하는 마음, 그 사람을 행복하게 해주고 싶은 마음, 오래오래 함께하고픈 소망…… 그런 것들이 눈빛이 되어서, 온기가 되어서, 언어가 되어서 상대방에게 닿으면, 사랑의 묘약이 되어주지 않을까?

그런데 누군가는 말한다. 사랑 중의 가장 해피엔딩은 짝사랑이라고. 모르는 채 가슴에 봉인된 사랑은 아름다울 수 있다. 사랑이 가슴을 뚫고 나오는 순간, 그 사랑은 변질되기 시작하니까. 사랑의 묘약은 부작용이 있다. 위험할 수 있다. 새드엔딩을 예고한다는 주의사항이 굵은 글씨로 쓰여 있다.

당신을 사랑한다는 고백, 사랑의 묘약일까, 사랑의 독약일까, 그 효능은 알 수 없다. 그 약을 집어든 자의 사용법에 달려 있을 뿐. 두려움 없이 비밀의 자물쇠를 풀어 장렬히 그 사랑 폭파시킬지, 가슴에 꽁꽁 가둔 채 평생 사랑의 무기징역을 택할지…… 그 선택 역시 당신의 몫일 뿐.

───────────
오 헨리, 「사랑의 묘약」

사랑은
절망 속에서 피어나는 한 송이 소망의 꽃이다

스무 살에 아버지와 결혼한 어머니는 아들 둘을 낳자마자 일본으로 떠난 아버지를 십 년간 기다렸다. 아버지가 돌아오시기를 기다리며 홀시어머니를 봉양하고 어린 아들 둘을 키워야 했던 어머니. 어머니의 이십대, 그 꽃 같은 청춘의 날들에는 오직 이런 이름표가 붙여진다. 기다림.

그때 열두 살 소년이었던 큰오빠는, 아버지가 10년 만에 집으로 돌아왔던 그날의 기억이 단편적이지만 생생하게 떠오른다고 했다. 10년 만에 집으로 돌아오는 남편을 기다리고 또 기다리던 어머니는 막상 아버지가 돌아오자 얼른 숨어버렸다고 했다. 그토록 기다리던 사랑하는 남자의 발자국 소리가 다가오자 얼굴을 감싸쥐고 오랫동안 나오지 못했다는 것이다.

수줍음 많던 젊은 어머니 이야기를 하며 웃었지만, 어머니의 그 기다림이, 그 시간들이 손에 만져질 듯해서 맘이 아렸다.

하물며 약속시간에 늦는 그 사람을 기다리는 것도 참 힘든 일이다. 발도 저리고 그 사람 오는 방향을 오래오래 바라보다보니 목도 뻐근하다. 그런데 평생 한 사람을 사랑하고, 오지 않는 그 사람을 마냥 기다리는 일…… 얼마나 막막할까?

기다려도 기다려도 그 사람은 오지 않는다. 문밖에 바람 소리도, 비 오는 소리도, 다 그 사람 발자국 소리 같아서 뛰어나가보지만 기다리는 사람은 오지 않는다. 그 사람이 오면, 시린 손 녹여주려 빈 가슴에 불을 지펴놓지만, 야속하게도 그 사람은 꿈속에서도 보이지 않는다.

결국 그 사랑은 죽어 비둘기로 태어난다. 그런데 죽어서도 그녀의 창가를 맴돌고만 있다. 차마 그녀의 창가를 떠나지 못하고 비둘기가 되어 그녀를 찾는 슬픈 노래를 부른다.

사랑하는 마음이 깊어 비둘기가 된 남자를 노래한 것도 있지만, 우리나라에는 사랑하는 이를 기다리다 기다리다 그만 바위가 된 여인의 노래가 있다. 백제 가요 〈정읍사〉다. 사랑하는 님을 기다리다 망부석이 되었다는 그 노래가 장편소설로 새롭게 태어났다. 문순태의 『정읍사』. '기다림은 절망 속에서 피어나는 한 송이 소망의 꽃과 같은 것'이라고 말해주는 이 소설은 백제 시대의 이야기다.

　소금 장수를 하며 전국을 다니던 도림은 병든 어머니를 위해 샘바다라는 마을로 이주해온다. 약초를 캐서 어머니 간병을 하고 생계를 이어가는 도림의 단소 소리는 월아의 마음을 설레게 하고, 도림과 월아는 서로에게 없어서는 안 될 존재가 된다.
　월아와 이미 혼인을 약속했던 해장과의 결투에서 이긴 도림은 월아네 집으로 찾아가 결혼을 청한다. 가진 것 없는 도림을 냉정하게 내치기만 하던 월아의 부모도 그들의 지극한 사랑을 더는 어쩌지 못하고 결혼을 허락한다.
　결혼 후, 도림은 소금 장사를 나선다. 그러던 중 신라군이 쳐들어오는 전쟁이 벌어지고 도림은 장사하려고 나선 길에서 징병에 끌려가고, 신라군들과 싸우다가 얼굴에 보기 흉한 상처를 입고 만다. 짐승처럼 짓이겨진 그 얼굴로 차마 월아에게 돌아갈 수 없어서 도림은 집으로 돌아가는 것을 포기한다.
　그런 것도 모르고 도림을 기다리는 월아는 기다림에 속이 타들어간다. 천지 사방이 모두 도림의 얼굴로 가득하다. 그 어떤 유혹도 월아의 마음을 움직일 수 없고 오로지 한 사람만을 기다리고 또 기다린다.

월아는 그날도 산으로 올라가 그를 기다린다. 기다리고 또 기다리던 월아는 화석처럼 굳어지고 화사한 달빛이 그녀를 포근하게 감싸준다. 기다리고, 또 기다리고…… 오직 한 사람을 기다리는 사랑……. 애가 타고 영혼이 말라붙고 심장이 오그라드는 기다림……. 죽음을 걸고 기다리는 사랑……. 이 시대에 과연 그런 기다림이 존재할까?

사랑하는 여인을 기다리다가 그만 비둘기가 되고 말았다는 남자 이야기, 사랑하는 남자를 기다리다가 그만 망부석이 되고 말았다는 여자 이야기가 이 시대에 통할까?

무작정 서두르는 사람들…… 급하게 달려가는 사람들……. 그래서 현대인들은 누구를 애타게 기다릴 여유가 없는지도 모른다. 그런데, 기다릴 줄 모르기에 더 외로워지는 건 아닐까? 쉽게 절망하고 쉽게 포기하고 쉽게 권태를 느끼기에 우리 마음이 더욱 고독해지는 건 아닐까?

이십대의 10년을 아버지를 기다리느라 보낸 어머니의 인생은 사랑으로 충만했다. 어머니는 아직도 아버지를 기다린다. 95세의 연세에도 젊은 아버지 사진을 보여주면 화사하게 미소 짓는다. 아직도 사랑으로 설레는 가슴을 지닌 어머니는 꽃처럼 곱다.

더이상 가슴이 뛰지 않는 삶, 더이상 사랑하지 않는 삶이 어떤 의미가 있을까? 우리가 인생의 길을 잃고 헤매는 이유, 어쩌면 사랑을 잃어버렸기 때문은 아닐까?

문순태, 『정읍사』, 이룸

사랑은
가장 소중한 것을 소유하지 않고 지니는 것이다

누구나 사랑하고 사랑받고 싶어한다. 사랑이 찾아오면 설레고 사랑이 사라지면 슬퍼한다. 그래서 또다른 사랑을 찾아 헤맨다. 사랑 없이 못 살고 사랑해야 살아가는 존재가 우리다. 왜 그렇게 사랑에 애가 타고 사랑에 애가 끓을까? 그 이유는, 외로워서.

원래 내 반쪽이던 것이 사라진 옆구리에 찬바람이 분다. 외로움이 뼛속 깊이 사무친다. 양말이 다른 한 짝을 찾아 짝을 이루듯이, 기차 바퀴가 다른 한쪽을 달아 균형을 이루듯이, 나사못이 다른 나사못을 찾아 아귀를 맞추듯이 내 짝을 찾아 헤맨다. 애타게 찾았으나 내 것이 아닐 때도 있다. 맞지 않는 짝은 더 나를 외롭게 한다. 서글픈 사랑에 한숨지으며 또다른 반쪽을 찾아 헤맨다. 그래도 달랠 수 없는 외로움.

외로워서 채워야 하고, 외로워서 덥혀야 하는 존재가 우리다. 그래서 누군가의 품속을 그리워하고 갈망한다. 멀리 있어서 그립고 가까이 있어도 허전하다. 그래서 품속을 파고들어 나를 채우고, 그 품속에서 나를 덥히려 한다.

그렇다면 이것은, 육체적인 욕망일까, 정신적인 욕망일까? 육체와 정신의 사랑. 그 두 가지 중에 육체적인 사랑을 다룬 소설이 있다. 그런 만큼 야하다. 그러나 결코 가볍지만은 않다. 책장을 넘기다보니 점점 생각이 많아진다. 결국 육체와 정신이 따로 있지 않은 완벽한 합일의 사랑을 내어놓는다. 그리고 아주 달콤한 결말로 우리를 데려간다.

내가 읽은 소설 중에 가장 로맨틱한, 손발 오그라드는 대사와 설정으로 가득한 연애소설, 파울로 코엘료의 『11분』.

"우리는 옷도 벗지 않았소. 난 당신 속으로 들어가지 않았고, 당신을 만지지도 않았소. 하지만 우린 사랑을 나누었어요."

이렇게 육체가 영혼의 언어로 말하는 법을 알려주는 이 소설은 제목도 『11분』이다. 11분은 성행위의 평균 지속시간을 의미한다고 한다.

가난하지만 꿈 많은 소녀 시절을 보낸 마리아는, 고등학교를 졸업하고 직물 가게에서 일하던 어느 날, 휴가를 떠난다. 그 휴양지에서 마리아는 유럽 남자의 눈에 띄게 되고, 스타로 만들어주겠다는 유혹에 넘어가 계약서에 사인하게 된다. 부푼 꿈을 안고 스위스로 오게 된 마리아. 하지만 스타가 되는 일은 그저 꿈일 뿐, 현실은 비참했다. 마리아는 결국 거리의 여자로 전락하고 만다.

그러나 그녀는 자기 인생을 바닥에 처박지 않는다. 사람을 만나는 직업이니 사람을 공부한다. 남자를 이해하려 한다. 그래서 도서관에 간다. 책들이 그녀에게 말해준다. 인간은 외롭다고. 남자는 더 외롭다고.

인간은, 갈증은 1주일을, 허기는 2주일을 참을 수 있고, 집 없이 몇 년을 지낼 수 있다. 하지만 외로움은 참아낼 수 없다. 그것은 최악의 고문, 최악의 고통이다.

마리아는 외로운 남자들을 위로하는 방법을 알게 된다.

남자가 왜 여자를 사는지 알 것 같다. 행복해지고 싶기 때문이다. 오르가슴만을 위해 천 프랑을 지불하지는 않는다. 행복해지고 싶어서다.

남자들이 원하는 것을 정확히 알아 위로해주는 마리아. 그러니 점점 인기가 많아질 수밖에 없다. 돈을 꾸준히 모은 마리아는 고향에 돌아가 농장을 사서 나머지 인생을 꾸려가려고 한다. 고향에 돌아갈 날이 얼마 남지 않은 어느 날이었다. 카페에서 책을 읽고 있었다. 책을 다 읽고 막 카페를 나서는데 누군가 부른다.

"당신 초상화도 그리고 싶어요."

마리아는 그의 청을 거절할 수 없었고, 화가는 그녀의 얼굴을 화폭에 담는다. 화가를 사랑하게 된 마리아는 이렇게 독백한다.

내가 그 카페에 우연히 들어간 것이 아님을 깨달았다. 가장 중요한 만남은 육체가 서로를 보기도 전에 영혼에 의해 준비되는 것이니까.

화가인 랄프 역시 그녀를 사랑하게 되었고, 그녀에게 고백한다.

"'왜 하필이면 나죠? 내게 뭐 그리 특별한 게 있죠?'라고 묻지 말아요. 내가 나 자신에게 설명할 수 있는 한도 내에서는 당신에겐 전혀 특별한 것이 없으니까. 그러나 어쨌건 난 당신 외엔 아무것도 생각할 수가 없어요."

그와 사랑을 나눈 후, 마리아는 그 시간이 11분이 아니라 영원이었다고 회고한다. 그 순간 '나는 여자이자 남자였고, 그는 남자이자 여자였다'고 고백한다. 사랑의 절정은, 내가 그가 되는 완벽한 일치, 둘이 별개의 영혼이 아니라 하나의 영혼임을 느끼는 순간일 것이다.

사랑을 나누고 나서 남자는 책 한 권을 가져와 여자에게 소리내어 읽어준다. 그가 읽어주는 책 내용이 작별 인사처럼 들렸다. 그러나 마리아가 알아온 모든 것 중에서 가장 아름다웠다. 이별의 순간이 다가오고, 마리아는 그에게 작별을 고한다.

"난 당신을 사랑해요. 마치 전에 다른 남자를 사랑한 적이 없었던 것처럼. 그게 내가 떠나려는 이유예요. 내가 여기 머무르게 되면 꿈은 현실이, 당신의 삶을 소유하고 내 것으로 만들려는 욕망이 되어버리겠죠……. 그렇게 되면 사랑은 속박이 되어버릴 거고요. 꿈은 그냥 꿈으로 내버려두는 편이 나아요."

마리아는 떠난다. 그녀를 태운 비행기가 경유지인 파리에 도착한다. 그런데…… 거기…… 랄프가 이미 와 있었다.

"영화에서처럼 낭만적이 되는 건 그리 어려운 일이 아니오, 그렇지 않소?"

그녀보다 세 시간 먼저 비행기를 타고 파리에 도착해 꽃을 사는 남자, 그리고 비행기에서 내리는 그녀를 맞이하는 남자라니! 마리아의 눈이 동그래진다. 주춤거리는 발걸음이 빨라진다. 뛰어가 랄프에게 안긴다. 다시는 놓지 않으려는 듯 그를 힘껏 껴안고 마리아는 생각한다. 선택은 늘 그녀 대신 운명이 했으니, 또 한번 위험을 무릅쓰는 것도 그리 나쁘지는 않을 거라고……. 이렇게 그냥 그를 사랑해도 좋을 것 같다고…….

이 소설의 주인공 이름은 마리아. 고결과 성결의 상징인 이름을 가졌다. 그러나 그녀의 직업은 거리의 여자다. 성녀 마리아와 육체적으로는 반대되는 삶을 사는 여자의 이름을 왜 마리아라고 했을까? 작가의 의도가 그녀의 이름에서부터 드러난다. 작가는 순결의 기준을 육체에 두지 않았다. 정신에 두었다. 육체 속에서 영혼을 찾아가는 여자, 그 속에서 단 하나의 사랑을 발견한 여자는 순결하다고 본 것이다.

"우리는 모두 눈물의 계곡 속에 살고 있어요"라고 말하며, 사랑은 외로운 너와 내가 만나 서로 위로하는 법이라고 말해주는 이 소설은, 서로를 소유하지 않고 지니는 법을 알려준다.

사랑하면 그 사람 일거수일투족을 알려고 든다. 24시간 연락이 끊기면 안 된다. 그 사람 인간관계도 다 꿰뚫어야 한다. 비밀이 있으면 노발대발한다. 그러면서 서서히 상대의 숨통을 틀어쥔다. 그토록 사랑을 원했으면서 그 사랑을 질식해 죽인다. "그게 무슨 사랑이야?" 이 소설은 그렇게 비웃는다.

주인공 여자는 남자가 보고 싶어도 만나러 가지 않았다. 왜냐하면, 보고 싶음을 더 느끼고 싶기 때문에. 그리운 그 느낌이 참 좋기 때문에. 얼마나 로맨틱한가!

"넌 내 거야!"라고? 도대체 누가 누구를 소유할 수 있단 말인가? 사랑은 소유권을 주장하는 게 아니다. 사랑하기 때문에 자유를 주는 것이다. 사랑하기 때문에 그 사람이 생긴 대로 살 수 있게 산소통을 공급하는 것이다.

소유한다는 것은 잃을 수 있다는 말이다. 그러나 소유하지 않으면 잃지도 않는다. 사랑은 그런 것이다. 세상에서 가장 소중한 것을 소유하지 않은 채 가지는 것. 소유하지 않고 지니는 것. 소유하지 않고 간직하는 것. 사랑은 그저 그렇게 내 혼 속에 스며들어 머물 뿐이다.

완벽한 해피엔딩 속에서 꽃다발을 든 마리아가 우리에게 마지막으로 전해준다.

난 사랑을 할 필요가 있다. 오로지 사랑만이 필요하다.
잘못 살 사치를 부리기에는 삶은 너무 짧거나 너무 길다.

파울로 코엘료, 『11분』, 문학동네, 이상해 역

사랑의 기억은   잊히지 않는다

지나간 시간들은 늘 재를 털 듯 쉽게 부서져버린다. 그 시간 속에 맺은 인연도 눈처럼 부질없이 흩어진다. 머물러 있는 사랑인 줄 알았는데 조금씩 잊혀져간다던 김광석의 노래가 마음을 시리게 관통한다. 시간이 머무르지 않듯 인연도 머물러 있지 않기에.

누군가의 통화 목록에서 내 이름이 지워진다. 연락이 뜸해진다. 혼자 있는 시간이 늘어간다. 외로움의 공간이 늘어간다. 그들의 기억에서 내가 지워져간다는 일이 두렵다. 내가 그를 잊듯이 그도 나를 잊는다는 것이 서럽다.

한창 청춘일 때는 잊힌다는 것의 의미를 알지 못했다. 그러나 이제 잊힌다는 것의 공포가 뭔지 조금은 알 것 같다. 그것은 곧 죽음의 공포다. 사람이 죽으면 왜 무덤을 만드는지 예전에는 이해하지 못했다. 왜 기념관을 만드는지도 이해하지 못했다. 그러나 이제는 알 것 같다. 죽어도 잊히고 싶지 않은 마음 때문에, 죽어도 누군가는 찾아와주기를 바라는 마음 때문에 무덤을 만들고 기념관을 세운다. 물망초의 꽃말인 '나를 잊지 말아요'는 이 세상에서 가장 애절한 부탁이다.

그런데 잊히는 두려움보다 더 슬픈 것은, 잊는 두려움이라고 말해주는 소설이 있다. 사랑하는 사람, 좋아하는 일, 일상의 모든 것을 조금씩 기억 속에서 지워나가야 하는 일, 어떤 의미일까?

그 잔인한 망각의 기록 『내일의 기억』. 이 소설은 오십대 초반의 중년 남성이 초기 알츠하이머에 걸리면서 벌어지는 이야기다.

주인공 사에키는 평생 일에 파묻혀 살아온 유능한 광고회사 간부다. 모든 일에 "밀어붙여!"를 외치며 열심히 살고 있다. 그런데 그는 자꾸 깜빡깜빡 잊어버린다. 회사에서도 건망증 때문에 실수한다. 중요한 거래처와의 약속도 잊어버린다. 업무상 나눈 대화도 기억하지 못한다. 당황한다.

처음에는 그저 너무 피곤해서 그럴 거야, 했다. 그런데 길을 잃어버리는 사태에까지 이르자 병원에 간다. 그리고 약년성 알츠하이머라는 판명을 받게 된다. 이를테면 조기치매 즉 '기억의 사형선고'다.

병은 앞으로 급속히 진행될 거라는 통고를 받는다. 도저히 받아들일 수 없는 현실이었다. 그동안 가족과 회사를 위해서 자신의 인생을 바쳐왔는데, 곧 딸의 결혼식과 곧 태어날 손주를 기다리며 사랑하는 아내와의 행복한 노후를 생각하고 있었는데, 하필이면 그 많은 병들 중에서도 알츠하이머라니……. 지금까지의 소중한 기억들을 모두 잊으라니……. 앞으로 기억되어야 할 소중한 시간들은 꿈도 꾸지 말라니……. 이보다 더 가혹한 병이 또 있을까?

살아라. 몸이 마음에게 말하고 있다. 오케이. 밀어붙이는 거다. 철저히 상대해주마. 새로운 친구, 알츠하이머 씨!

그러나 그런 각오조차 가혹한 병이 지워가버린다. 그는 욕실에서 샤워기를 켜놓은 채 아내 몰래 혼자만의 울음을 삼킨다. 시간이 지날수록 기억은 사라져간다. 하루하루를 꼼꼼히 적기 시작한다. 그러나 비망록도 무의미해져간다. 죽음이라는 공포가 다가온다. 직장에서도 쫓겨난 사에키는 외동딸의 결혼식장에서 이렇게 말한다.

"앞으로 행복한 추억들을 가질 수 있게 해준 여러분에게 감사합니다."

그러나 사실 이제는 더이상 그런 기억을 가질 수 없기에, 그 현실이 안타까워서, 내일의 시간을 기억하고 싶어하는 남자는 복받쳐 운다.

퇴직해놓고도 출근을 하겠다며 나가는 남편을 따라 나간 아내는, 그와 함께 산책을 한다. 하루 일상에 대한 이야기를 나누고, 식탁에 앉아 밥을 함께 먹어주고 그렇게 일상의 모든 것을 나누려 한다. 그러나 남편 대신 가족의 생계를 책임져야 하는 아내의 고단함이 붉거져온다. 그런 어느 날, 남편이 사라진다.

모든 기억들을 서서히 잃어가고 있는 사에키. 그러나 그가 기억하는 기억들 중에서 가장 소중했던 기억은 무엇이었을까? 그것은 바로 아내를 처음 만났던 순간이었다.

모든 것을 다 잃어버려도 끝까지 붙들고 싶은 기억이 바로 아내와의 사랑, 그 기억이었다. 사에키의 잠재의식은 자신도 모르게 그녀와의 추억이 시작된 곳으로 그를 데려간다. 그리고 아내인 에미코 역시 갑자기 사라진 남편을 찾으러 그곳으로 간다. 그렇게 만난 두 사람……. 멍하니 아내를 보는 남편이 말한다.

"나는 사에키 마사유키입니다. 당신은?"

그 옛날의 기억을 좇아 찾아간 그곳에서 만난 두 사람, 아내에게 "안녕하세요?"라고 첫 만남 같은 인사를 하는 남자, 슬픔을 감추고 잔잔한 미소로 답하는 여자. 그들은 다시 사랑을 시작하려는 듯 보인다. 그들의 기억은 그렇게 하얀 종이에 다시 시작되는 듯 보인다.

기억이란 무엇일까? 잊힌다는 것은 무엇일까? 기억은 결코 나 혼자만의 것이 아니다. 다른 사람과 함께 나누고 확인하는 것이며, 이 세상을 살아가는 소중한 약속이다. 기억이 사라져도 나의 지난날들이 사라지는 것은 아니다. 내가 잃은 기억은 나와 같은 나날을 보낸 사람들 속에 남아 있다.

지금 이 시간도 흐르면 기억이 되겠지. 미래의 시간들도 언젠가는 기억이 되겠지. 그 속에 가장 오래 남는 것은, 사랑의 기억이 아닐까? 다른 기억은 다 사라져도 사랑했던 기억은 잊히지 않는다. 가장 그리운 것은 잊히지 않는다.

───────

오기와라 히로시, 『내일의 기억』, 예담, 신유희 역

사랑은
질투의 독화살로 자신의 심장을 겨냥한다

김영하 작가가 그런 말을 했던가. 소설가라는 직업은 소설만 안 쓰면 좋은 직업이라고. 맞는 말이라며 웃었다. 그런데 질투만 없으면 참 좋은 게 있다. 사랑이다. 하지만 소설가가 소설을 쓰지 않으면 소설가가 아니듯이 질투 없는 사랑은 존재하지 않는다.

롤랑 바르트가 말한 것처럼, 자신을 네 번 죽이는 질투는 사랑한다면 피할 수 없는 위험한 감정이다. 사랑 속에 깊숙이 묻힌 이글거리는 폭발물이다. 사랑하는 사람이 다른 사람에게 관심을 두면 질투한다. 사랑하는 사람이 나와 함께 있지 않는 시간을 질투한다. 사랑하는 사람이 나와 있다고 해도 그 사람 마음에 다른 것이 끼어들면 질투한다. 사랑하는 사람이 나와 만나기 전, 과거의 시간을 질투한다.

"과거가 뭐가 중요해?"라고 하면서도 그 과거에 대한 질투 때문에 아파한다. 아파하다 헤어지면 그나마 낫다. 아파하다가 결국 그 폭발물을 터뜨려 사랑을 산산조각 내버리는 이야기가 있다.

현대 영국을 대표하는 작가 줄리언 반스는 『플로베르의 앵무새』, 『내 말 좀 들어봐』 등의 소설로 잘 알려져 있다. 그의 초기 대표작인 『그녀가 나를 만나기 전』은 질투가 빚어내는 파멸을 담고 있는 장편소설이다.

그가 그녀를 만나기 전, 그녀가 보낸 세월까지 질투하는 남자 그레이엄. 그는 40년 가까이 소위 '범생이'로 살아왔다. 오직 연구밖에 몰랐고 공부밖에 몰랐다. 예쁜 딸과 아내를 둔 모범적인 가장이기도 했다. '몸은 뇌를 저장하기 위한 컨테이너 박스와도 같다'고 생각하던 그는 15년의 결혼생활을 하면서 단 한 번도 바람을 피워본 적이 없다. 돌출 행동을 한 적도 없다.

그런데, 어느 날 파티에서 전직 여배우인 앤을 만난다.

그는 마치 이십 년을 거슬러 오랫동안 고장나 쓰지 못하던 감정의 통신선이 갑자기 수리된 것 같은 느낌이 들기 시작했다.

앤에게 첫눈에 반한 그레이엄은 아내에게 통보한다.

"난 연애를 하고 있소. 당신을 떠나려 하오."

그레이엄은 아이를 내세워 제발 떠나지 말라며 붙잡는 아내에게 양육권까지 준다. 그레이엄은 가방 하나만 달랑 들고 집을 나와 결국 앤과 재혼한다. 그런데 그레이엄은 앤이 만지는 물건에 대해서도 시샘한다. 앤 없이 지내는 시간이 경멸스러울 정도다. 단 하루라도 앤이 제자리에 없으면 좌절한다.

앤은 그의 앞에 햇살의 부채를 환하게 펼쳐놓은 것이다. 누구라도 바라볼 권리가 있었던 색깔들, 그러나 잃어버렸던 그 색깔을 되돌려준 것이다. 그 얼마나 오랫동안 초록과 푸른색, 남빛에 눈이 멀어 있었던가. 이제 그는 더 많은 것을 볼 수 있었다.

그레이엄은 절친한 친구인 소설가 잭에게 이렇게 고백한다. 앤이 키우는 화분이 죽으면 울었고, 앤이 출근하고 나면 일기장을 꺼내서 매일 그녀가 입고 나가는 것을 적어두었다고……. 또, 앤이 남긴 음식을 먹는 것까지도 행복하다고…….

그렇게 지독한 사랑을 하던 어느 날, 이혼한 전처가 딸과 함께 영화를 보러 가달라고 그레이엄에게 부탁한다. 그것은 전처의 질투가 빚은 계략이었다. 그리고 그 계략은 적중했고, 질투의 독화

살이 날아가 그레이엄의 심장에 적중한다. 그 영화는 앤이 예전에 출연했던 영화였던 것이다. 그 영화 속에서 앤은, 간통을 하는 역할을 맡고 있었다.

그후, 그녀가 결혼 전 어울렸던 남자 배우들에 대한 광적인 질투가 그레이엄을 사로잡는다. 그는 앤의 옛 연인들의 행적을 조사하기 위해 단역으로 출연했던 숱한 B급 영화들과 광고들, 그리고 옛 신문의 영화 리뷰란을 찾아 헤맨다. 그리고 그들과 얼마나 깊은 관계였는지 알기 위해 앤에게 그 사실을 추궁하고, 백방으로 조사를 한다. 그의 뇌에서 갖은 상상, 과대망상, 집착 등이 일어난다. 그 감정들을 통제하지 못한다.

그레이엄은 친구 잭에게 말한다. 그것은 모두 과거 일이라고, 그녀가 나를 만나기 전의 일이라고, 그러면서도 질투를 멈출 수가 없다고……. 잭은 충고한다. 앤을 조금 덜 사랑하라고.

친구의 조언을 받아들여 조금이라도 앤을 덜 사랑하려고 애써본다. 그러나 소용없다. 병은 점점 더 깊어만 간다.

앤은 참을성 있게 그를 다독여준다. 결혼생활에서 언제든 겪게 되는 '딸꾹질' 같은 것이라고 생각하며 그를 보듬어준다. 앤은 파티를 열자고 제안한다. 추궁하고 해명하는…… 마치 파출소 같은 집안 분위기를 바꾸기 위해서였다.

그런데 그 파티에서 잭이 아내 앤에게 다정하게 대하는 모습을 보고 그레이엄의 질투의 화살은 잭에게로 향한다. 잭의 소설에 나오는 장면들이 모두 앤과 잭이 가졌던 사랑을 묘사한 것이라고 확신하게 된 그레이엄은, 모두를 파멸시키는 선택을 하고 만다.

질투라는 이름의 사랑의 독(毒). 치명적인 파멸을 불러오는 그 질투는 사랑의 본질일까, 비뚤어진 자기 애착일까?

의심과 질투가 사랑의 치명적인 독임을 모르지 않는데도, 이대로 가면 골짜기로 추락함을 모르지 않으면서도 감정의 질주를 멈출 수 없는 것……. 잘못 쏘아올린 질투가 날아가 박히는 곳은 자신의 심장임을 모르지 않으면서도 방아쇠를 당기는 것……. 이것이 사랑이 지닌 함정이다.

질투란 왜 존재하는 것인가? (중략) 질투는 왜 갑자기 그의 머릿속에서 마치 비행기 안의 저공 경보기처럼 울부짖기 시작했는가? (중략) 나쁜 시력을 받은 것처럼 질투도 그렇게 얻어진 것인가?

제발 질투가 닳아져 없어지기를 소망했지만 사랑이 커가면서 더욱 커지는 질투 때문에 괴로워한 그 남자가 우리에게 묻는다. 당신은 온전히 당신의 삶을 주관하고 있는가, 하고.

모든 것이 기분좋게 가고 있다고 생각한 바로 그 시점에서, 뇌가 방향키를 확 틀어버릴 때가 있다. 그때쯤, 작가의 질문이 떠오른다.

우리의 두뇌가 갑자기 우리의 적이 되어버린다면 어떻게 하지?

질투는 사랑에 스며든 독이다. 그 독성을 키우는 것도 자신이고 독을 제거하는 것도 자신이다.

질투가 피할 수 없는 사랑의 감정이라면, 아파도 그 사랑을 해야 한다면, 그렇다면 질투의 감정을 잘 다스려야 하지 않을까? 그러면 「질투는 나의 힘」이라는 시 제목처럼 질투를 사랑의 폭발물이 아닌 발화물로 삼을 수도 있지 않을까?

줄리언 반스, 『그녀가 나를 만나기 전』, 문학동네, 권은정 역

사랑은   화초 가꾸기와 같다

산책길에서 늘 만나는 부부가 있다. 육십대 중반쯤 되어 보이는 이 부부는 산책하면서 늘 도란도란 이야기를 나눈다. 어느 지점쯤에 도착해서는 앉아서 쉬며 보온병에 담아온 차도 나눠 마신다. 그 부부의 모습은 산책길의 어느 나무보다, 꽃보다, 풀잎보다, 구름보다 아름답다.

프란츠 카프카의 말처럼, 사랑엔 죄가 없다. 다만 그 사랑을 운전하는 사람이 문제다. 사랑은 변하지 않지만 사람이 변하는 것이다.

한번 잡은 손 끝까지 붙잡고 종착역을 향해 걸어가는 부부를 보면, 그저 함께 여기까지 올 수 있었음에 감사하는 부부를 보면 뭉클한 감동을 느낀다. 오래 사랑하기 힘든 세상에서 오래 해로하는 부부는 참 아름답다. 시간을 견뎌냈기 때문이다. 오랜 시간을 견뎌낸 것은 다 아름답다.

부부가 긴 세월 함께 가다보면 끼어드는 방해꾼들이 생기게 마련. 그중에서도 가장 두려운 것은 권태. 사랑도 일상화되어 서로 표현하지 않는다. 늘 곁에 있어주는 사람이라 소중함을 모른다. 우리 사랑 늘 싱싱하리라 여기며 물을 주지 않는다. 혼자서도 씩씩하리라 돌보지 않는다. 그러다 그만 시들시들해진다. 가장 소중한 것을 가장 쉽게 잃어버린다.

안정효의 소설 『낭만파 남편의 편지』는 부부의 권태기를 담은 소설이다. 그들 사랑은 이미 시한부 선고를 받은 것과 같다. 산소호흡기라도 씌워야 할 판이다. 남편은 어떡하든 사랑을 살려내고 싶어서 뭔가 그 방법을 찾아본다. 그런데 그 노력을 잘못 받아들인 아내가 엉뚱한 오해를 한다.

결혼생활이 오래 이어지면서 그들의 생활에는 소중한 것도, 감동적인 것도, 아름다운 것도 남지 않았다. 부부가 왜 이리되었을까? 부부가 한평생 사랑하며 살아가기가 이렇게 힘든 것일까? 남편은 고심한다. 죽을 때까지 아내를 사랑하겠다는 약속만큼은 절대 깨뜨리고 싶지 않았다. 부부학 개론을 펼쳐 읽어본다. 그러곤 아내에게 연애편지를 쓰기로 한다.

그 연애편지는 엉뚱한 에피소드를 만들어낸다. 발신자에 남편이라고 쓰지 않았기 때문에 아내는 오해한다. 누군가 나를 사모하는 남성이 보낸 편지라고……. 남편은 아내가 그런 오해를 한다는 사실에 질투를 느낀다. 그리고 만나자는 편지를 보낸다.

다른 남자가 보낸 편지로 알고 있는 아내는 남편이 기다리는 그곳으로 가게 될까?

그 부부의 사랑에도 처음은 있었다. 서로 바라보기만 해도 설렜던 시간이 있었다. 약속 시간을 기다리며 이 옷을 입을까, 저 옷을 입을까, 치장하던 시간이 있었다. 만나면 영화를 볼까, 어디를 갈까, 떨리던 시간이 있었다.

그런 감정들을 세월은 어디로 데려가버렸을까? 이제 그 어떤 설렘도 없어져버렸다. 가슴은 안 떨리고 치가 떨리는 사이가 되어버렸다. 그러나 아내 가슴에 뜨겁게 피돌기를 시킨 사람은 바로 남편이었다.

가슴을 설레게 하는 존재는 바로 옆에 있다. 다만, 서로가 서로의 가치를 모르고 지낼 뿐. 사랑과 행복은 그런 점에서 참 많이 닮았다. 아주 가까이 두면서 찾지 못해 방황하니까.

사랑은 어떻게 보면 참 쉬운 일이다. 그대로의 모습을 가장 아름답게 봐주면 되니까. 그런데 그 사소한 것들을 지키기가 가장 어렵다. 가장 쉬운 일을 오래 지속하기가 가장 힘들다.

그의 손가락이 살짝 베이기만 해도 내 가슴 미어지던 단계를 지나 나중에는 그의 부주의함을 탓하게 된다. 내 두 눈으로 그 사람만 바라보겠다고 다짐했지만 언젠가는 다른 곳으로 시선이 가게 된다. 내가 보고 싶은 것을 고집하고 자기관리 좀 하라고 요구하게 된다. 그래서 사랑을 지켜나가는 일은 온 우주를 손에 드는 일에 비교할 만큼 힘들다고 하는 걸까?

사랑은 화초 가꾸기와 같다. 고백은 시들시들한 사랑에 뿌리는 단비이고 거름이다. 가을은 시인들의 영업 시즌이기도 하지만, 고백의 찬스 타이밍이기도 하다. 너무 사소해서 소중하다는 사실조차 잊어버렸던 그 사랑을 전하자. 그에게만 시선을 고정시키자. 그가 가장 예쁘다고, 멋있다고 말하자.

사랑을 지킨다는 것은 첫 마음을 떠올리고 간직하는 일, 매일 아침 세수를 하는 것처럼 매일 아침 사랑도 맑게 닦아 보는 일, 매일 새롭게 그 사람을 간절한 마음으로 사랑하는 일이다. 그것이 그토록 애태우며 만나기를 소망했던, 첫 마음에 대한 예의다.

안정효, 『낭만파 남편의 편지』, 민음사

사랑은
서로의 가슴에 가서 고이 죽어가는 일이다

독일 시인 프리드리히 실러가 말했다. 희망이 없는 사랑을 하는 자만이 사랑을 알고 있다고.

희망이 없는 사랑이란 무엇일까. 이뤄질 수 없는 사랑이란 또 무엇일까. 사랑의 완결편이 결혼이라고 한다면, 희망이 없는 사랑은 불륜이 되는 것일까. 이뤄질 수 없는 사랑이라는 것도 결국 불륜이 되는 것일까.

나는 사랑의 완결이 결혼이라고 보지 않는다. 그렇다면 희망 없는 사랑은 무엇일까. 이뤄질 수 없는 사랑이란, 또 무엇일까. 사랑을 이룬다는 것은 또 무엇일까.

어쩌면 모든 사랑은 다 희망 없다. 어쩌면 모든 사랑은 다 이뤄질 수 없다. 술을 마시면 언젠가는 깨어나는 것처럼, 사랑은 취했던 순간에서 언젠가는 깨어난다. 사랑은 술처럼 중독성이 있다. 사랑에서 깨어나고 보면 남겨진 것은 빈 술병뿐이다. 사랑은 취해 있는 바로 그 순간이다. 그러니 미래의 희망은 없다. 그러니 이뤄지기를 바란다는 것도 부질없다.

세계문학사상 가장 위대한 연애소설로 알려진 톨스토이의 『안나 카레니나』. 술처럼 취해 있는 사랑의 속성을 이토록 잘 드러낸 소설이 또 있을까. 밀란 쿤데라의 『참을 수 없는 존재의 가벼움』에서 토마스를 찾아온 테레사의 손에 쥐어져 있던 소설. 그리고 러시아 혁명의 지도자 레닌이 얼마나 여러 번 읽었는지 책 표지가 너덜너덜해질 정도였다는 소설.

이 소설은 이 유명한 구절로 시작된다.

행복한 가정은 모두 고만고만하지만 무릇 불행한 가정은 나름 나름으로 불행하다.

가난 때문에 불행한 가정, 건강 때문에 불행한 가정, 부부의 애정 때문에 불행한 가정……. 불행의 이유는 다 다르다. 『안나 카레니나』의 경우에 안나의 가정은 애정 문제로 불행했다.

왕정 러시아의 귀부인인 안나, 그녀는 다 가졌다. 교양 풍부, 지성 충만, 미모 출중……. 그런데 다른 여자는 안나의 미모에 대해 이렇게 생각한다. '그녀는 뭔가 우리와는 동떨어진, 악마적인 아름다움을 가지고 있어.'

지나친 아름다움은 그렇게, 파괴적인 마력을 지닌 것일까? 안나의 아름다움은 한 남자의 영혼을 사로잡는다. 그리고 불나방이 불길로 날아들 듯 무모한 사랑에 뛰어들게 한다.

스무 살 연상의 남편 카레닌과 결혼하여 살아가는 안나. 그녀에게 교통사고처럼 펑! 부딪치듯 찾아온 사랑, 인생을 뒤흔든 이 사랑은 모스크바의 기차역에서 시작된다. 안나는 집안 문제 때문에 상트페테르부르크에서 모스크바로 오는 기차를 타고 역에서 내린다. 그때 그 기차역에는 청년 장교 브론스키가 나와 있었다. 어머니를 마중하기 위해 나온 브론스키는, 안나를 만난다. 그리고 첫눈에 반한다.

섬세하고 기품 있는 우아함에 자애롭고 부드러움까지 지닌 안나. 그녀가 고개를 돌려 브론스키를 본다. 일순간의 응시……. 그 속에서 브론스키는 운명적인 사랑을 느낀다. 그런데 그들은 그 기차역에서 사고를 목격한다. 누군가 달려오는 열차에 깔려 죽은 것이다. 안나는 중얼거린다. 불길한 징조라고.

무도회에서 브론스키는 안나에게 춤을 청한다. 안나는 브론스키와 춤을 춘다. 다음날 안나는 집으로 돌아가는 기차에 오르고 그 기차에서 브론스키를 본다. 브론스키가 말한다.

"내가 당신이 계시는 곳에 있고 싶어서 왔다는 것은 아실 텐데요. 난 이제 어떻게 할 수가 없습니다."

기차역에 마중나온 남편과 안나가 함께 걸어가는 것을 보고 브론스키는 확신한다. '안나는 남편을 사랑하고 있지 않다.'
안나는 후에 이렇게 고백한다.

"당신, 이거 봐, 여보, 안나! 그건 사내가 아니에요, 인간이 아니에요, 인형이에요. (중략) 그 사람은 관청의 기계예요."

이들 부부 사이를 이어주고 있는 것은 오직 아들인 세료지아. 그러니 안나의 인생에 브론스키의 등장은 꺼져버린 마음에 등불을 켜는 일이었다. 식어버린 혈관에 피를 돌게 하는 일이었다. "마치 먹을 것을 받은 굶주린 사람 같아요"라고 고백하며 안나는 브론스키에게 빠져든다.
그런 아내에게 남편은 경고한다.

"자신의 마음속을 파고들다보면 우린 흔히 지금까지 눈에 띄지 않았던 것들을 발굴해내는 수가 있소. 당신의 감정은 당신 양심의 문제이긴 하지만 난 당신에 대한, 그리고 신에 대한 당신의 의무를 가르쳐줄 책임이 있소. 우리들의 삶은 사람의 손으로 맺어진 것이 아니고 하느님에 의해서 맺어진 것이니까 말이오. 이 결합을 부술 수 있는 것은 오직 죄악뿐이고, 그런 종류의 죄악 뒤엔 반드시 벌이 따르게 마련인 거요."

그러나 안나는 사랑을 멈출 수 없었다.

"하느님, 저의 모든 것을 용서해주소서."

안나는 그와 함께 있으면 육체적인 타락, 그 늪에 빠져들 수밖에 없었다.
안나는 자신에 대한 혐오와 앞날에 대한 공포를 담아 브론스키에게 말한다. 남편의 추궁에 지쳐버린 안나는 우발적으로 그에게 고백해버린다.

"난 그분을 사랑하고 있어요. 난 그분의 애인이에요. 난 당신을 견딜 수가 없어요, 난 당신을 두려워하고 있어요, 미워하고 있어요…… 당신이 하고 싶은 대로 해주세요."

남편은 이혼을 결심하고 모스크바로 가버린다. 안나는 '내가 그이를 불행하게 만든 것은 피할 수 없는 일'이라고 괴로워한다. 그리고 자책한다.

'나 역시 괴로워하고 있고 앞으로도 괴로워할 것이다. 나는 무엇보다도 귀하게 여기던 것을 잃었다. 명예로운 이름과 아들을 잃어버린 것이다. 나는 나쁜 짓을 했으니까 행복도 바라지 않으며 이혼 같은 것도 바라지 않는다. 나는 치욕과 아들과의 이별로 인해 언제나 괴로워하며 살아갈 것이다.'

안나는 브론스키를 사랑할수록 그에게 집착한다. 소유욕과 질투가 안나의 영혼을 장악한다. 그래서 끊임없이 브론스키에게 사랑을 요구한다.

'내 사랑은 차츰 열정적이고 이기적으로 되어가는데 그이의 사랑은 점점 식어가고 있다. 그리고 이것이 우리들의 마음이 멀어지는 원인이다.'

사랑의 위기감이 안나의 영혼을 좀먹는다. 안나가 사랑의 독점욕으로 괴로워할 때, 브론스키의 욕망의 불길은 그녀에 대한 사랑에서 사회적인 출세로 옮겨진다. 안나는 수치의 단계를 지나 격렬한 질투의 단계로 들어선다. 그리고 그녀 자신에 대한 혐오감으로 번진다. 안나는 끊임없이 무엇인가를 생각하며 독백한다.

'아아, 만약 내가 그저 그이의 애무만을 열망하는 연인 이외의 다른 무언가가 될 수 있다면 좋을지 모르겠지만, 나는 다른 무언가가 될 수도 없고 또 되려고도 하지 않는다.'

사랑이 그녀의 혼을 갉아먹는다. 그녀의 정신이 쇠약해질 대로 쇠약해진다. 그녀는 결국, 달려오는 기차에 몸을 던진다. 마치, 사랑하는 이의 가슴으로 투신하듯, 불길 속 하얀 날개를 던지듯……

브론스키를 처음 만나던 그 기차역, 그날의 사고가 일어났던 그 지점에서…… '좋아. 넌 나를 더 괴롭힐 수 없어'라고 중얼거리며…… '저기야! 꼭 저 한가운데로 뛰어드는 거야. 그렇게 하면 그 사람을 벌주고 모든 사람으로부터, 아니 나 자신으로부터 벗어날 수 있어'라고 말하며…….

그토록 힘들고 고통스러운 사랑은 기차 위로 날아가고 말았다. 비극적인 아름다움의 나풀거리는 붉은 낙엽처럼……. 더이상 가슴속의 뜨거움을 어쩌지 못하고 온몸에 열꽃을 피운 채 지상으로 추락하는 낙엽처럼……. 그녀의 선택이 차라리 편안해 보이는 것은, 그녀가 꼬옥 쥐고 놓지 않던 그 사랑이 너무나 무겁게 보여서일까.

사랑이라는 것. 허망한 매혹의 한순간이라고 해도, 언젠가는 깨어날 한여름 밤의 꿈같은 것이라고 해도, 뛰어들면 타 죽어야 하는 불길 속이라고 해도……. 그렇다고 해도 뛰어들 수밖에 없는 것……. 그것이 사랑의 운명성이다.

뜨겁게 사랑해서, 그 사랑이 열병이 되어서, 활활 타는 불길 속에 불나방처럼 화려한 날개를 던진 안나. 그녀에게 묻고 싶다. 그래서 행복하냐고. 그래서 후회하지 않느냐고. 그러나 대답을 들려주지 못할 것이다. 그저 허망하게 웃고 말 것이다. 사랑이란 그렇게 다 모를 것투성이니까. 나조차 내 마음 모르는 것이니까.

레프 톨스토이, 『안나 카레니나』, 문학동네, 박형규 역

사랑은　　　눈에 특별렌즈를 끼는 일이다

한 선배가 그랬다. "사랑의 콩깍지가 벗겨지기 전에는 그 남자가 나보다 키가 작은 것도 몰랐어." 결혼해서 살면서도 남편이 키가 작은 줄 몰랐다는 선배 말에 모두 웃었다. 그러나 선배는 진지했다. 결혼한 지 5년이 지나고 나서야 이 남자가 나보다 키가 작구나, 했다는 선배.

그런가 하면 어떤 친구는 성격이 까칠하기로 유명한 회사 동료와 결혼했는데 까칠한 게 그렇게 멋지더란다. 물론 사랑의 콩깍지가 벗겨지기 전까지만.

언젠가 본 다큐멘터리 중에 새벽마다 쓰레기를 수거하는 오십대 남자가 나왔다. 그는 아내가 천사처럼 예쁘다고 자랑했다. 그의 집으로 취재진이 가보았다. 그가 그토록 예쁘다는 그의 아내는 세상의 잣대로 보면 박색이었다. 그러나 남편이 아내의 볼에 수시로 뽀뽀하고 예쁘다, 예쁘다, 하니 아내는 정말 예쁜 줄 알고 살고 있었다.

그래서 그런지 다큐멘터리가 진행되는 동안 그의 아내는 정말 예뻐 보였다. 사랑받는 여자의 아우라가 비쳐 그녀의 얼굴을 빛나게 했고, 그녀의 행복이 그녀 모습을 아름답게 화장하고 있었다.

사랑에 빠지면 배가 나와도 그게 인품의 증거처럼 보인다. 뺨의 흉터가 보조개처럼 보이고, 덧니가 귀여움의 상징처럼 보인다. 사랑에 빠지면 마음에 특별렌즈가 장착되어 다 멋있어 보이고 다 예뻐 보인다. '제 눈의 안경'이라는 말도 그래서 있나보다.

『대지』로 노벨문학상을 수상한 작가 펄 벅이 발표한 단편「매혹」은, 외모로 인한 여자의 갈등을 다루고 있다. 남편을 마중하러 기차 플랫폼으로 나간 아내는 깜짝 놀란다. 남편이 눈부시게 아름다운 여인과 걸어나오고 있기 때문이었다. 그 여인은 우연히 남편의 옆자리에 앉게 된 승객일 뿐이었다.

아내는 자동차 안에서, 아까 본 여자 이야기를 꺼낸다.

"굉장한 미인이던데요."

남편이 "당신은 귀엽다"고 위로하지만 아내는 "아름답다"는 말을 해주지 않는 남편이 불만스럽다.

남편은 아내가 꽃을 꽂아놓고 맛있는 음식을 준비해둔 집으로 들어가며 행복을 느낀다. 그가 벅찬 일을 다 해낼 수 있는 것도 다 아내 덕이라고 생각한다. 그런데 그날은 이상하다. 자꾸 '내가 못생겼다'고 강조하면서 우울해하며 신경질을 부린다. 그러자 남편의 시선에 아내가 못생긴 것이 들어오기 시작했다. 키 크고 무뚝뚝하고 턱이 굽고 잿빛 머리 아래 핏기 없는 눈을 가진 중년 여자, 아내가 이런 여자였다니……. 남편은 그만 식욕을 잃어버리고 만다.

매력마저 잃어버리면 안 된다고 생각한 아내는 입술에 발랐던 립스틱을 닦아버린다. 그리고 연초록색 옷을 벗고 검붉은 비로드 옷으로 갈아입는다. 그리고는 아래층으로 내려와 벽난로 옆에 기대선 남편을 향해 웃으며 말한다.

"초록색 옷 때문이었나봐요. 그 옷 다시는 절대 안 입을래요!"

그제야 남편도 웃으며 말한다.

"망령이 들었었나보군."

'아름답다'의 기준, 과연 외모에만 있을까? 포장이 아름다운 것은 아주 잠깐 동안의 짜릿한 매혹일 뿐이다. 그러나 마음이 아름다운 것은 아주 오랫동안 퍼져나가는 은은한 향기와 같다. 생긴 것은 내 노력으로는 안 되는 어쩔 수 없는 것! 그러나 많이 웃고 친절하며 당당할 수 있는 것은 내 노력으로 충분히 가능한 것! 그러니 내가 할 수 있는 그 방법으로 당신의 매력을 지켜나가라고, 잠시 우울해졌던 귀여운 아내, 루트가 전해준다.

세상에서 가장 아름다운 얼굴은, 나를 사랑해주고 내가 사랑하는 사람의 얼굴이다. 외모 속에 담긴 그 영혼은 눈으로는 보이지 않는다. 타인의 이마에 열이 나면 손으로 열을 재보는 게 아니라 내 이마를 그 이마에 대봐야 하는 것처럼, 사람의 마음을 알아보는 것도 그렇다. 눈으로는 안 보인다. 마음으로 봐야 마음이 보인다.

나는 타인의 마음을 그냥 눈으로만 보는 건 아닐까. 그러면서도 그를 다 안다고 생각해버리는 건 아닐까.

사랑하면, 그 사람을 향한 내 마음의 사랑렌즈가 작동한다. 다른 사람과 다른 특별렌즈가 장착되어 그 사람이 가진 결점이 보이지 않는다. 다른 세상은 흑백 화면인데 그 사람만 선명한 컬러다.

배경은 다 흐린데 그 사람만 선명하게 빛난다. 그 사람이 가진 배경이나 외모가 특별하지 않아도 특별하게 닿아온다. 일반렌즈를 끼면 다 보일 법한 단점이 하나도 안 보인다. 멋지고 아름답고 근사하다.

부디 마음에 특별렌즈가 장착되기를……

그 특별렌즈를 일반렌즈로 바꾸는 일이 영원히 없기를…….

펄 S. 벅, 「매혹」

사랑은　　　　한낱 에피소드가 아니라 히스토리다

어느 비 많이 오던 날이 생각난다. 어머니는 어린 딸들을 위해 연탄 화덕을 밖에 꺼내놓고 도넛을 만드셨다. 빗소리와 도넛이 튀겨지는 소리가 어우러져 하나로 섞였다. 비 내음과 도넛 내음이 하나로 섞였다. 어머니는 비 오는 밖을 망연히 내다보면서 한숨처럼 내뱉으셨다.

"비가 오시네……."

어머니의 그 말이 왜 그렇게 슬프게 들렸을까? 어린 내 마음이 철렁 내려앉았다. 어머니가 떠나버릴 것만 같았다. 눈물이 났다. 어머니가 나를 돌아보시더니 놀란 얼굴로 물었다. 왜 우냐고. 나는 어머니 치마폭에 이마를 묻으며 칭얼거렸던 것 같다. 도넛이 빨리 안 익어서 슬프다는, 말도 안 되는 투정을 부리면서…….

어머니의 삶의 역사는 참 빠르게도 흘러 이제 90개의 계단을 훌쩍 넘어가셨다. 아버지와 60년 가까이 같이 살아오시다가 아버지가 먼저 돌아가신 그날부터 어머니는 아버지 사진을 가슴에 품고 사신다. 나도 당신 곁으로 데려가달라고 아버지 사진에다 언제나 말씀하신다. 아버지 무덤 옆에 다른 사람이 묻히기라도 할까봐 종종 확인하신다. 걱정 마시라고 해도 불안해하신다. 아버지 옆에 묻힐 거라고. "아버지가 그렇게 좋아요?" 물으면 그저 웃으신다. 그 웃음이 슬퍼서 내 가슴이 또 아린다.

나는 종종 어머니의 사랑의 역사가 궁금하다. 정말 아버지만 사랑했을까? 어머니 마음에 단 한 사람의 침범자도 없었을까? 마음에 품고도 꺼내 보이지 못한 사랑은 없었을까? 만일 어머니 가슴에 꽁꽁 묻은 사랑이 있다면, 그 사랑의 알라바이는 누가 대줄까? 누가 그 역사를 증명해줄까?

어느 날 어머니가 그렁한 얼굴로 말씀하셨다. "이 외로움을 너도 나중에 겪을 것을 생각하면 가슴이 아프구나."

인생을 송두리째 기대었던 아버지가 먼저 가신 후, 어머니에게 가장 큰 고통은 외로움이다. 어머니의 그 외로움은 내가 도저히 상상할 수 없는 무게일 것이다. 그 외로움을 혼자 견디는 어머니를 생각할 때마다 예리한 칼이 내 가슴을 지나간다.

그런 어느 날, 이 책을 만났다. 니콜 크라우스의 『사랑의 역사』. '늙어간다'는 보편적인 슬픔보다 더 강한 통증으로 남는 것은 '잊혀진 존재가 되는 것'이다, 라는 대목에 밑줄을 그으며 어머니를 또 한번 떠올렸다.

이 소설의 주인공은 심장이 안 좋아 곧 죽을 것이라고 생각하는 늙은 유대인이다. 가족도 없고 친구도 없는 나라에서 평생 이방인으로 산 노인은 생각한다. 죽기 전 살아 있는 그의 모습을 마지막으로 봐줄 사람이 중국집 배달 소년일 수도 있다고……

그는 주장한다. 우리 몸의 모든 기관은 우리의 고통을 골고루 받아들인다고. 매일의 작은 모욕감은 간이 받아들이고, 췌장은 사라진 것에 대한 충격을 받아들인다고. 스스로에 대한 실망은 오른쪽 신장이 맡고, 다른 사람들이 나에게 느끼는 실망은 왼쪽 신장이 맡아준다고. 망각의 고통이나 기억의 고통은 등뼈가 담당한다고. 그런데…… 외로움, 그것을 받아들일 만한 내장은 없다고…….

모든 고통은 나눌 것이 있지만, 외로움을 받아들여줄 내장이 없다는 사실. 그 구절을 읽다가 나는 또 외로워졌다. 이까짓 외로움이야 어머니의 외로움에 비하면 새발의 피겠지 하면서 또 더 많이 외로워졌다.

평생 한 여자만을 사랑했지만, 그 여자와 배 속에 있던 아이를 다른 남자에게 보내고 혼자서 살아온 레오, 그녀와 그 아이까지도 먼저 저세상으로 보내야만 했던 노인 레오. 그런데 그의 인생 마지막 순간에 소녀 알마가 나타난다. 그녀는 아니지만 그녀와 눈빛이 닮은 소녀……. 그에게 이보다 더 따뜻한 위로가 있을까? 사랑했던 소녀 알마의 눈동자를 닮은 이 소녀는 어쩌면 하늘의 알마가 보낸 사랑의 천사는 아니었을까?

서로 그 존재를 알지 못하고 살아왔던 한 소녀와 노인이 『사랑의 역사』라는 책을 통해 만날 수 있었고, 서로 따뜻하게 소통할 수 있다는 것, 그것은 사랑의 역사가 낳은 기적이었다.

역사라는 건 뭘까? 한 시대를 휘어잡았던 영웅 이야기만 역사가 아니다. 우리가 살아왔던 인생도 역사다. 그 인생 속에서 한 사람을 만나 사랑했던 것 역시 역사다.

처음 만나던 날의 그 설렘, 만나고 싶어서 애태우던 시간, 그 사람 만나러 달려가던 날 머리를 스쳐가던 바람, 그 사람과 나누던 눈빛, 이야기, 미소, 그후에 불어닥친 이별, 눈물과 그리움, 그리고 아직도 사무치거나 또는 잊혀지거나…….

누구나의 사랑의 역사는 사소하다. 그러나 자신에게는 그 어떤 역사보다 위대하다. 나의 알마가 곁에 있다면 그 손잡고 놓지 말기를……. 우리 몸에는 외로움을 담당할 내장이 없으니 그 담당은 당신이 해줘야 하는 것. 더 따뜻하게 손잡아주고 더 포근하게 안아주기를⋯⋯. 외로움 따위 침범 못하게 잘 막아주고 사랑의 역사를 단단히 구축하기를⋯⋯. 그러나 운명이 갈라놓아 헤어져야 한다면, 떠나보내야 한다면, 아름답게 배웅하기를⋯⋯. 당신의 사랑을 한낱 에피소드로 흘러보내지 말고 히스토리로 영혼에 기록하기를⋯⋯.

니콜 크라우스, 『사랑의 역사』, 민음사, 한은경 역

사랑은
두 사람이 사연을 만들어가는 일이다

그 사람과 함께하지 않는 모든 시간이 통곡 소리를 내고, 그 사람과 함께하지 않는 기쁨은 빛을 잃어버린다. 그런데 어느 순간 눈을 떠보면 나 혼자 힘없이 걸어가는 때가 있다. 사랑하는 사람이 먼저 걸어가는 때도 있다. 내가 뒷모습을 보여줘야 할 때도 있고, 그 사람 뒷모습을 쓸쓸히 바라만 봐야 하는 때도 있다. 그 쓸쓸함을 견뎌야 하기 때문에 사랑의 길은 화사한 꽃길만은 아니다. 그 사람에게 가는 길이 폭설로 인해 막힐 때도 있고, 세상의 거친 파도가 놓일 때도 있다. 그래서 사랑은 안타깝고 아득하다.

따져보면 사랑은 8할이 슬픔이다. 그럼에도 불구하고 사랑할 수밖에 없는 것, 그것이 인생의 본질이다.

사랑이 슬픔인 것을 알면서도 사랑하는 사람, 사랑하고 싶어서 사랑하는 게 아니라 사랑할 수밖에 없어서 사랑하는 사람이 등장하는 소설. 아르투어 슈니츨러의 「라이젠보그 남작의 운명」에는 이런 대사가 나온다.

"클레레. 나를 잊지 말아주시오. 당신이 나를 잊는다면, 난 무덤 속에서도 편히 쉴 수 없을 거요."

1862년 오스트리아 빈에서 태어난 작가 아르투어 슈니츨러는 의과대학을 졸업한 의학도였다. 그런데 플로베르와 모파상의 작품을 읽은 후에 창작에 눈을 돌리게 되었고, 그후 희곡과 소설, 두 분야에서 모두 좋은 평을 받았던 작가다. 그의 소설 「라이젠보그 남작의 운명」은 사랑에 운명을 건 남자의 이야기다.

라이젠보그 남작이 클레레를 알게 된 것은 10년 전 일, 음악학교 연극의 밤에 참석했다가 무대 위에서 노래하는 클레레를 보고 난 남작은, 클레레에게 모든 것을 걸겠노라, 선언한다. 그리고 물심양면으로 그녀의 성공을 돕는다.

그런데 클레레는 다른 남자인 어느 의대생에게 빠져 있었다. 클레레는 남작의 뜨거운 구애를 거절하며 의대생을 향한 애정을 숨김없이 털어놓는다. 남작은 실망했지만, 그녀와의 친분관계는 계속 이어간다.

그해 가을, 의대생이 다른 여자와 결혼해버리자 클레레는 혼자가 된다. 남작은 클레레를 향한 희망에 부푼다. 그러나 클레레는 다시 궁정 극장의 테너 가수와 사랑에 빠져버린다. 그럼에도 불구하고 남작은 계속 클레레의 출세를 위해 노력한다.

테너 가수가 함부르크로 떠나버리자 남작은 클레레에 대한 사랑에 또 기대를 건다. 그러나 클레레는 또다시 폴란드 출신의 상인을 사랑하게 되었다. 클레레가 드레스덴 궁정 극장으로 가자 남작은 전도가 양양한 국가 관리로서의 출세길을 포기하고 그녀를 따라 드레스덴으로 거주지를 옮긴다.

그런데 이번에는 황태자가 클레레에게 뜨거운 구애를 했고, 남작은 또 한번 찢어진 가슴을 부여안고 비엔나로 돌아와야 했다. 그런데도 남작은 모든 인간관계를 동원해 클레레를 비엔나 오페라와 계약을 맺게 해준다.

비엔나에서의 최초 공연이 있는 날 저녁, 남작은 화려한 꽃바구니를 클레레에게 보냈고, 공연 후에 그녀를 만날 수 있으리라 꿈에 부풀었다. 하지만 클레레는, 작곡가이자 조감독인 금발의 남성과 약속이 있었다.

그렇게 남작이 클레레를 사랑하는 동안 클레레는 여러 남자들과 사랑을 나눈다. 그럼에도 그녀 곁을 떠나지 못하는 남작. 그후 클레레는 베덴브루크 대공과 3년 동안, 그 어느 때보다 깊은 열정으로 성실한 사랑을 한다. 베덴브루크 대공이 갑자기 사망하자 그녀를 10년 동안이나 사랑해온 남작이 그녀 곁을 맴돈다.

그런 어느 날, 파티를 끝낸 후, 클레레가 남작의 손을 잡고 속삭인다.

"다시 오세요. 한 시간 안에 다시 오실 걸로 알고 있을게요."

남작은 꿈에 부풀어 행복한 결혼까지 상상하면서 행복해한다. 그런데 남작이 정작 그녀의 집에 찾아갔을 때 클레레는 떠나고 없었다.

그때, 북구 출신의 가수 지그루트가 나타나 이런 말을 전해준다. 대공이 죽어가면서 클레레가 만일 다른 사랑에 빠지면 저주를 내리겠다고 했다는 것. 지그루트는 뛰어난 연기력으로 대공의 목소리로 저주를 퍼붓고, 그 공연을 보다가 자신의 마음을 들킨 듯 놀란 남작은 그만 심장마비로 죽어간다.

지그루트는 클레레에게 전보를 친다.

"사랑하는 클레레! 모든 게 다시 좋아졌소. 곧 당신 곁으로 가겠소."

이토록 한 여자를 사랑할 수 있을까? 이렇게 오직 한 여자만을 바라볼 수 있을까? 언제나 등돌린 여자를 언제나 지켜볼 수 있을까?

왜 저런 여자를 저토록 사랑하지?
왜 저런 남자를 저토록 사랑하지?
그 답은 사랑하는 당사자만이 알 뿐. 사랑 받는 자도 대답할 수 없다. 어쩌면 사랑하는 자신조차 답을 들려줄 수 없다.

남작은 바보 같은 남자임에 분명하다. 그러나 그는 행복했을 것이다. 왜냐하면 그는 사랑했던, 사랑하는, 사랑할 남자이기 때문. 오직 한 여자를 사랑하는 남자이기 때문. 사랑에 실패했지만 다시 사랑하기를 두려워하지 않았기 때문. 사랑에 배신당했지만 그 사랑에 인생을 다 걸기를 주저하지 않았기 때문.

사랑하고 싶어서 한 게 아니라 사랑할 수밖에 없어서 그 길을 걸어간 것이다. 오직 뒷모습만 보면서 무겁고 시린 발자국을 옮겼던 것이다.

어떤 이에게는 사랑이 나비처럼 가벼운 유희, 어떤 이에게는 사랑이 인생 모두를 걸어버린 목숨. 매혹과 집착, 두 가지 중에 어떤 것이 사랑일까? 매혹은 그 마음에 햇살만 가득하지만, 사랑은 양지와 그늘을 함께 지닌다.

집착은 끝까지 함께하고 싶어하지만 아프게 헤어지는 것도 사랑이다. 잠들지 못한 새벽에 밝아오는 창밖을 내다보며 흘리는 눈물도 사랑이고, 얼굴을 떠올리면 가슴에서 들리는 바람 소리도 사랑이다. 사랑은 그렇게, 두 사람이 사연을 만들어가는 일이다.

_____

아르투어 슈니츨러, 「라이젠보그 남작의 운명」

사랑은　　　두려운 삶을 건너는 방법이다

하나의 성냥을 켜서 꺼지는 순간의 길이, 얼마나 될까? 세 개비의 성냥불만큼의 시간, 어쩌면 우리가 사는 시간의 길이는 아닐까? 인생은 그토록 짧고 허망하다.

　더구나 막심 고리키의 「어느 가을날」에 흐르는 인생도 슬프고 춥고 아프다. 남자는 젊은 시절 세상을 구원할 꿈으로 가득해 있었다. 그러나 주머니에는 동전 한 잎 들어 있지 않았고, 입고 있던 옷가지들도 팔아버려 추위에 떨고 있었다.
　10월의 마지막 날, 낯선 마을로 간 남자는 누가 먹다 버린 음식 찌꺼기라도 떨어져 있지 않나 하고, 텅 빈 거리를 하릴없이 쏘다니고 있었다. 날이 저물고, 갑자기 비를 실은 북풍이 불어닥쳤다.

추위와 굶주림에 떨며 노점 근처에 이르렀을 때, 한 여자가 비에 흠뻑 젖은 모습으로 귀퉁이에 웅크리고 앉아 있는 것을 발견했다. 여기저기 상처를 입은 얼굴로 여자가 남자를 쳐다보더니 말을 걸었다.

"당신도 배가 고픈 모양이군요? 그럼 여길 파봐요. 틀림없이 빵이 있을 거예요. 이 노점은 아직 장사를 하고 있으니까."

여자가 말해준 대로 남자는 모래를 파기 시작했다. 그 순간, 그동안 공부해왔던 형법이나 도덕, 재산권 등등은 까맣게 잊어버렸다. 머릿속을 차지하고 있는 것은 오로지 노점 안에 무엇이 있을까 하는 생각뿐.

드디어 빵을 찾아냈고, 두 사람은 빵을 입속에 구겨넣으면서 비를 피할 곳을 찾아다녔다. 빗줄기는 점점 거칠어졌고, 강물은 더욱 사납게 울부짖고 있었다.

"이름이 뭐요?"

남자가 별생각 없이 물어보았다.

"나타샤!"

소리내어 빵을 삼키면서 그녀가 대답했다.

두 사람이 비바람을 피해 들어간 배 안은 비좁고 눅눅했다. 찬 비와 바람이 바닥으로 끝없이 들어왔다. 나타샤는 자기를 때린 남자들을 저주하며 슬피 울었지만, 남자는 그녀를 달랠 여유가 없었다. 그저 너무 추워서 아래윗니를 서로 부딪치며 신음할 뿐이었다.

그때였다. 그녀의 자그마한 손이 남자를 만지더니 추위에 떠는 남자를 가만히 안아주었다. 그녀의 온기로 남자의 가슴속에는 한 가닥 따스한 불꽃이 피어올랐고, 얼어붙었던 심장도 봄눈처럼 녹아내렸다.

갑자기 눈물이 쏟아지기 시작했다. 그 눈물과 함께 심장에 들끓고 있던 온갖 괴로움과 원망과 어리석음과 더러움이 깨끗이 씻겨나가는 것을 느꼈다.

그후 그는 함께 하룻밤을 지낸 그녀를 찾기 위해 빈민가들을 샅샅이 누비고 다녔지만 남자는 끝내 그녀를 다시 만날 수 없었다. 남자는 생각한다. 그 사이 그녀가 죽었다면, 그것은 그녀를 위해 오히려 더할 나위 없는 축복일 거라고……. 그리고 기도한다. 그녀가 고이 잠들기를……. 또 혹시 그녀가 살아 있다면, 영혼이여, 평화롭기를…….

남자에게 그토록 당했으면서, 그들 때문에 그토록 슬퍼하면서도 또다른 남자를 안아주는 그녀 나타샤. 세상을 구원하리라는 대망을 안았으나 거리의 여자에게서 오히려 구원을 얻은 남자.

그렇게 지치고 외로운 영혼이 마음을 눕힐 언덕은 다른 사람의 어깨다. 뼛속 깊이 춥고 스산한 마음을 덥힐 난로는 다른 사람의 사랑이다. 슬프고 비참할 때 눈물을 씻어줄 손수건 역시 다른 사람의 가슴이다.

밖에서 보면 아주 멀리 떨어진 것처럼 보이지만, 바닷물 속에서 보면 서로서로 다 연결되어 있는 섬들처럼 우리는, 망망대해와 같은 세상에서 서로 마음이 연결되어야 살아갈 수 있는, 작고 고독한 섬들이 아닐까.

산다는 것의 의미, 별것 아니다. 성냥불이 켜졌다가 꺼지는 그 짧은 순간, 황홀하게 타오르는 불빛 아래 오직 내가 사랑하는 사람의 모습을 보는 것, 그것이 인생의 모든 것인지도 모른다. 사랑만이 두려운 삶을 건너는 방법인지도, 난해한 인생문제지의 유일한 답안인지도 모른다.

마지막 성냥불이 타오르는 순간, 사랑하는 이의 얼굴을 한 번더 바라보기를 바란다. 사랑하는 이의 손을 잡아준다면, 사랑하

는 이의 마음을 한 번 더 보듬어 위로한다면…… 삶은 허망하지
않다.

성냥불은 꺼지지 않고 타오른다. 순간은 영원하다.

___

막심 고리키, 「어느 가을날」

사랑이 아니면 아무것도 아닌 것

초판 1쇄 인쇄 2015년 12월 21일
초판 1쇄 발행 2015년 12월 28일

지은이   송정림

편집장 김지향 | 편집 김지향 이희숙 | 편집보조 박선주 황유라 | 모니터링 이희연
표지 디자인 김현우 | 본문 디자인 이정민 이보람 | 본문 그림 봄례
마케팅 방미연 정유선 오혜림 | 홍보 김희숙 김상만 한수진 이천희
제작 강신은 김동욱 임현식

펴낸이   이병률
펴낸곳   달 출판사
출판등록 2009년 5월 26일 제406-2009-000034호

주소   10881 경기도 파주시 회동길 210
전자우편 dal@munhak.com
페이스북 /dalpublishers | 트위터 @dalpublishers | 인스타그램 dalpublishers
전화번호 031-955-2666(편집) 031-955-2688(마케팅) | 팩스 031-955-8855

ISBN   979-11-5816-007-4 03810

● 이 책의 판권은 지은이와 달에 있습니다.
  이 책 내용의 전부 또는 일부를 재사용하려면 반드시 양측의 서면 동의를 받아야 합니다.
  달은 (주)문학동네의 계열사입니다.

● 이 도서의 국립중앙도서관 출판시도서목록(CIP)은 e-CIP홈페이지(http://www.nl.go.kr/
  ecip)와 국가자료공동목록시스템(http://www.nl.go.kr/kolisnet)에서 이용하실 수 있습니다.
  (CIP제어번호: CIP2015034107)